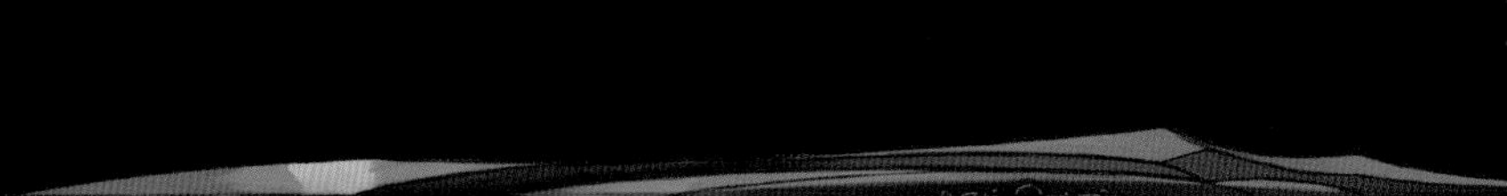

真嗣的槍／盧克萊修之槍

面對啟示錄朝著箱根，自西北與東南襲來的異常景象……
——誰快來想想辦法啊……！

『富士山！』

仙日瞭了那麼最高峰被摘而之莫

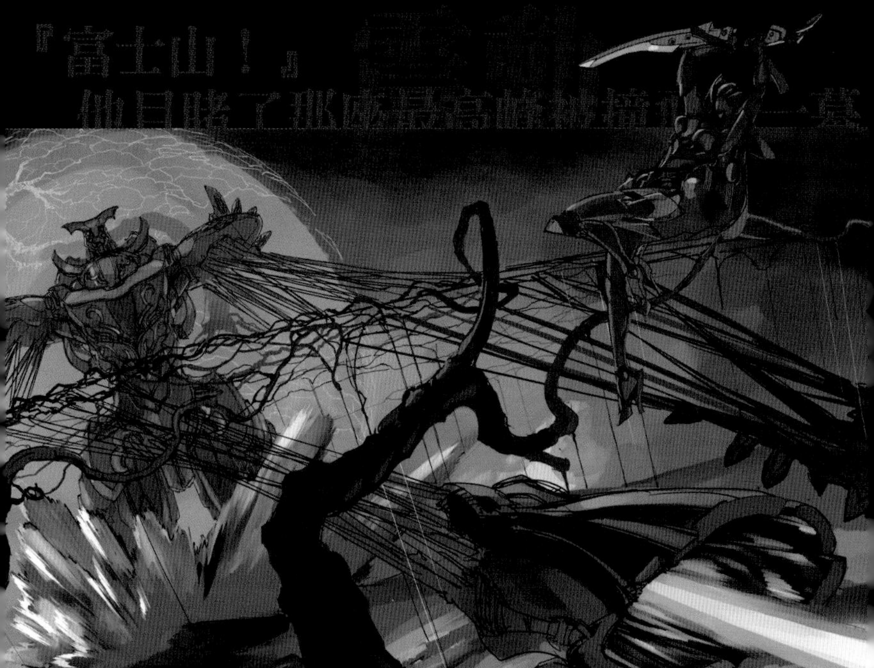

美里忍不住大聲喊道。

「——EVA全機⋯⋯！我們家的孩子們，
快回答我！」

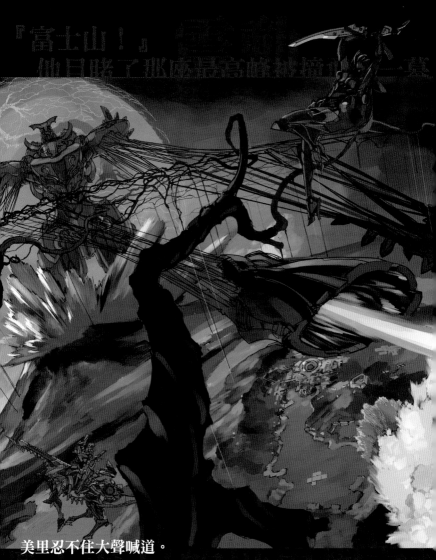

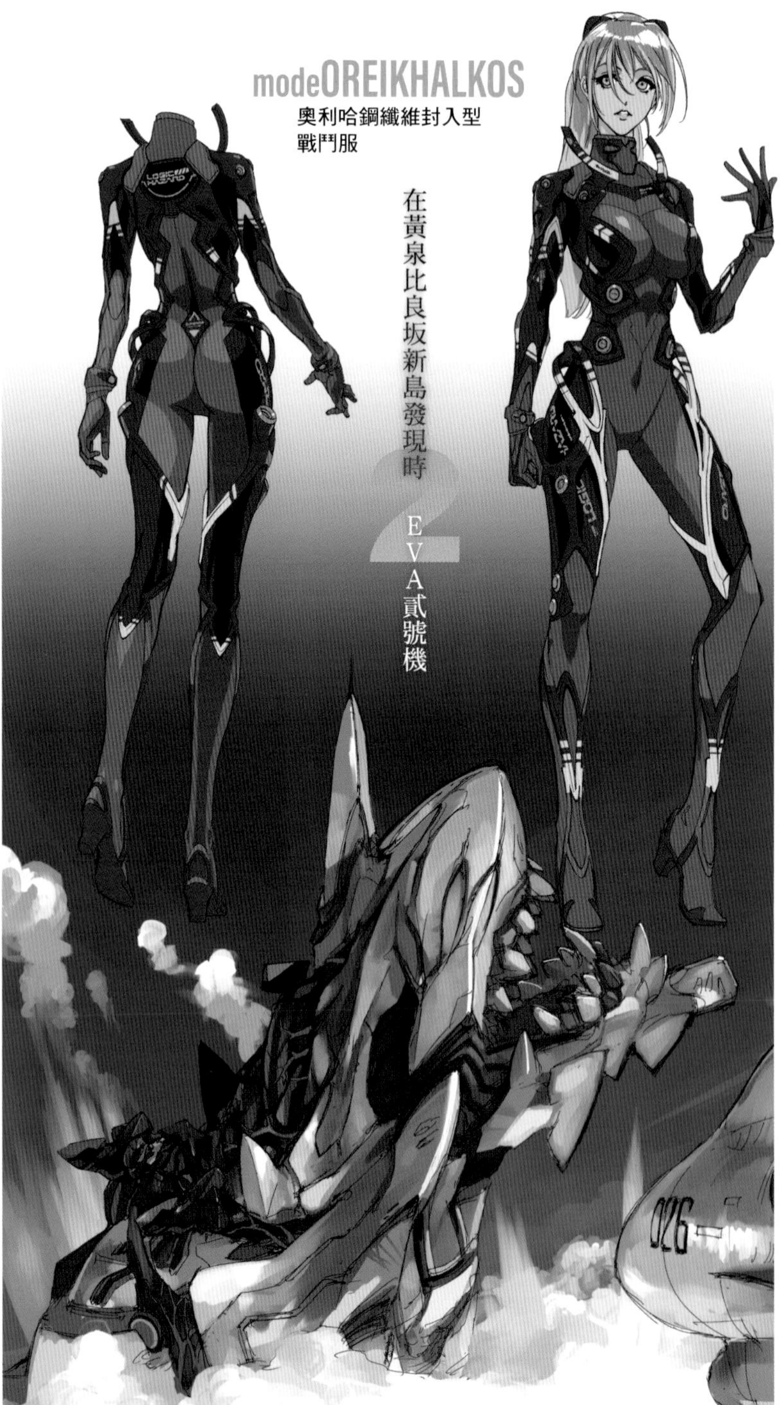
modeOREIKHALKOS
奧利哈鋼纖維封入型
戰鬥服
在黃泉比良坂新島發現時
2
EVA貳號機
026

新世紀福音戰士ANIMA 5

山下いくと

CONTENTS

＃1美麗且痛苦的世界

■最終的再生

「怦咚！」——地下空間裡迴盪著巨大的心跳聲。

——「怦咚！」那麼，出現的會是超級ＥＶＡ嗎？

匍匐的巨人把手高舉向天，像是要抓住什麼似的顫抖伸出。

它全身冒著滾燙白煙，覆蓋表面的薄冰碎裂剝落。

然而，有哪裡不太對勁。它的身體看似不受控制地顫抖不已，全身上下一面間歇性地噴出猶如噴射氣流的爆炸熱氣，一面踉蹌倒下。

「預定輸出相差太多了，這樣沒辦法保持平衡……！即使如此……」

摩耶喃喃自語。

此處是中央核心區遺址。過去莉莉斯在這裡產生的時間停滯球遭到竊取，唯獨留下了連同地下樓層與舊本部設施一起吞噬挖走的地形。

之所以會率先來到這種地方，是因為摩耶有著預感。

她下意識地勾起嘴角，笑了起來。

「居然……居然能用這麼古老的器材——」

身上胡亂裝著舊式零號機的黃色裝備，看似超級ＥＶＡ的巨人再度跌倒。

冰層抖落，散發熱能。

位於該處的實驗水槽被壓壞，溢出的飛沫遭巨人之手散發的熱量汽化，瞬間沸騰。蒸騰的水蒸氣猛然籠罩巨大身軀。

「呵呵……哈——啊哈哈哈！」

摩耶張大嘴巴，發狂似的哈哈大笑。

巨人之手自水蒸氣裡再度伸出，瘋狂地抓向看不見的天空。

彷彿在說——我應該是能飛的。

插入拴劇烈搖晃。

明日香從插入拴上方的中央艙門摔了進去，勉強抓住真嗣坐著的插入拴座椅頭枕，穩住身體。

這個插入拴本來放在教室裡頭，是翻倒了嗎？

從她摔下來的中央艙門往上望去，能看見教室的天花板——

「！」中央艙門是關著的，宛如打從一開始就沒開啟過。

震動不僅限於橫向。

——而是帶有加速度的三維震動……這種在巨大物體裡搖晃的感覺，簡直就像……

「咯吱吱吱吱！」怎麼聽都是厚重的肌纖維層摩擦而產生的胸腔內迴響。

「不會吧！現在是在ＥＶＡ裡嗎？」

——「怦咚！」迎面而來的巨大波動，震得身體陣陣發麻。

「心跳聲……是心跳聲！超級ＥＶＡ！」

——太厲害了……真的把Ｓ ＥＶＡ給喚來了！雖然這是我所期望的，但還是讓人很驚訝。

只要坐上插入拴座椅，真嗣便絕對會意識到ＥＶＡ。此時要是能從遙遠的某處——大概是位於小笠原群島對面的黃泉比良坂新島附近——接收到Ｓ ＥＶＡ的訊號，就算是相當成功了。她沒想到它會像這樣如魔法般地現身。

「哈哈♪你這不是有好好地將自己的半身留在現實裡嗎，真嗣！」

明日香環顧四周，然而虛擬顯示器的影像扭曲不清，看不太出來顯示了什麼——周遭視野變得狹小……

「明日……香——」

聽到真嗣的聲音，她朝他看去。

只見真嗣坐在插入拴座椅上，沒有跟動起來沉重無比的操縱桿同步，臉色眼看愈來愈差。方才的從容表情消失，他突然喘了起來。

——這是驚恐症導致的視野狹窄啊。

「總覺得——不太……對勁……好……痛苦。」

真嗣以左手抓著自己的喉嚨，用力扯開衣領，第一顆鈕釦彈飛出去。

「……這裡只有爸爸……律子小姐……這個身體只有——難受的……東西！」

視野突然晃動，隨之傾倒——為什麼會提到碇所長和赤城博士啊？

「你在說什麼？快點站起來！」

根據冬二他們的說法，眼前的真嗣是「真嗣在夢中的投影」，因此明日香試著在這件事上賭了一把。然而倘若那間教室是他的夢，對他來說，不正是個能讓他安心休息的地方嗎？

「忍耐點！你是男孩子吧……！」

而明日香將真嗣的夢中投影拖到了現實當中。對他來說，想必是件難以忍受的事吧？

「我飛不起來了……明明應該能飛的——我想從這裡逃走啊！」

一陣劇烈衝擊傳來，大概是機體翻倒了。

「——啊！」

明日香的背狠狠地撞在插入拴內牆上。而她在彈起後，朝著險些就要撞在臉上的插入拴內部設備——

「啪！」伸手抵住了身體。「——你夠嘍……！」

「我能飛的……應該能飛的！爸爸，你折斷我的翅膀了嗎？」

他完全喪失自我了。

扶著內部設備設法站起身後，明日香舉起手。

「冷靜點，笨蛋！」她狠狠摑了真嗣一巴掌。

突然，周圍跳出許多警告視窗，切換到戰鬥模式。

「——有敵人……」真嗣的反應讓明日香嚇了一跳。

——他將自己與ＥＶＡ的痛覺混淆了嗎？

本來真嗣對這方面的區別就很模糊，畢竟超級ＥＶＡ也是他自己。

但如果他真的是夢，現在清醒中的真嗣便唯有ＥＶＡ這個肉體。

——感覺被帶到那一邊了？

儘管是真嗣的夢，然而夢終究是夢嗎？

「有敵人——啊……啊！」真嗣反覆說著，開始胡亂操控ＥＶＡ。

「武、武器呢………沒有武器……！明明都不能飛了——明明都動彈不得了！」

跪在地上的ＥＶＡ儘管想往前邁步，卻無法保持平衡，蹬在地上的腳滑了一跤。遭到磨損的地面結構材料在後方揚起煙塵，正要挺起的上半身往前傾斜。

巨人再度跌倒。

摔在地上的巨人，就像個不知該怎麼站立的嬰孩。

以前設置在這裡的預組式臨時實驗室被壓垮，碎片飛散開來。

「太危險了，摩耶！妳快下來！」

美里是第二個來到中央核心區遺址的人。她朝著在巨人掙扎所颳起的旋風之中，任由白大衣隨風翻飛的科學部技術部兼任主任大喊。

怦咚、怦咚咚！

儘管像是警鐘般被胡亂敲響著，但那確實是熟悉的心跳聲。

「那是……超級ＥＶＡ嗎！」

頭部看起來確實是初號機型……

——不過，看起來之所以像是揉合了舊型零號機，是因為加裝了四座橙色的肩部懸掛架……四座！這是改造……改裝嗎？——倘若是改裝，會是摩耶做的嗎？

美里知道摩耶成天關在第二整備室裡，埋頭進行著什麼。然而這種大規模改裝怎樣都不可能在這麼短的期間內完成。

——但她絕對知道些什麼！

「發生了什麼事……摩耶！超級ＥＶＡ是何時歸來的？在哪裡修理的？真嗣又是——」

換裝追加的零件全是舊型的，隨處可見拼裝的痕跡，難以說是實戰規格——但這種拚命的感覺究竟是？比起新架構的系統概要，眼前所見更先讓人湧現這種感覺。

「摩耶？」美里逼近至摩耶身旁。

「畢竟要是出現，就只會出現在這裡了。」

「出現？妳是說本來不存在的東西出現了嗎？」摩耶沒有看過來。

「請用我能理解的方法說明！」

「就算我說明，也不知道妳聽不聽得懂。」

摩耶目不轉睛地注視著失控的巨人，神情中帶著困惑、驚訝與期待。

看來連她自己也沒有整理好情緒面對這個事態。

然而僵持在這裡是無法解決問題的。

「伊吹主任——」這裡是NERV JPN，是打著守護人類社會免受非人為、自然之災害威脅的名義，關乎人命與武力的特殊職場，美里則是這裡的負責人。

「眼下妳未經許可就大量消耗寶貴的資源與能源，甚至迫使職員過勞進行未知業務呢。要暫時遠離職場靜養嗎？在小房間裡。」

聞言，摩耶突然臉色大變，愕然的表情終於看向了美里。

「這個決定——太愚蠢了！要是這麼做，對人類……對我們來說只會有負面影響！得立刻對這個進行調整才行。」

ＳＥＶＡ的改造體四處破壞，一塊汽車大小的混凝土碎塊重重落到兩人身旁彈起，導致地面劇烈搖晃。

美里後退一步穩住身體，聳肩攤手道。

「我聽不懂～因為我很愚蠢嘛。」

摩耶只得放棄抵抗，做了個深呼吸後說道。

「——對不起，葛城總司令，我目前在整備室裡建造的，是要給那個用的拘束裝甲。」

看來沒辦法再強迫周遭接受自己不確定的東西了。

「由於出現了預兆，我就擅自進行準備了。這裡本來有著莉莉斯產生的時間停滯球，即使被移走，然而對於遭囚禁在停滯球內的複數個體性來說，他們與現實的接點就是這裡，所以那個才會出現在這裡。」

摩耶背對著失控的巨人，如此宣言。

「儘管目前完全無法理解成因，不過那架超級ＥＶＡ是在時間停滯球裡——如今已不在這裡的舊中央核心區零號機廢棄設施——接受改造後歸來了。」

在SEVA改造體內部，AI接收到加速度計的情報後，開始根據緊急處置將LCL注入插入拴內部，卻似乎來不及抵消目前的衝擊。

「呀啊！」

插入拴的緩衝器無法完全吸收反彈的衝擊，明日香立刻緊緊抱在真嗣的脖子上。

「快住手，真嗣，這裡才沒有什麼敵人啦！」真嗣正跟看不見的對手戰鬥著。

巨人的手臂以奇怪的姿勢劃過天空，這一拳理所當然地揮空，頓時加劇了失衡的情況。

無法預測下一步動作的恐懼感，讓明日香只能緊緊抱在真嗣身上撐著。

「這樣我動不了啊！明日香！」

影像模糊的顯示器視野中，突然閃過了什麼。

巨大身軀跟著轉身過去。

「放開我，明日香！」他更加焦急了。

「是你自己的影子啦。快住手！」

真嗣忍不住以左手抓住她的肩膀——

「——放開我！」

這聲怒吼讓明日香的纖細肩膀輕顫了一下。真嗣的手感受到這一點，混亂瞬間退縮了。

而明日香突然使勁全力地抱住他，「我不要——！」

「誰要放開啊！」她反過來大聲吼回去。

嚇到的真嗣望向明日香——

「……！」

發現她沒有在生氣，悲傷的藍眼凝視著真嗣。注滿的ＬＣＬ讓兩人沉下，明日香的金髮就像被風吹起一樣，在水流中飄盪搖曳。

他別開目光，用力吐出肺裡的空氣。「……對不起。」

真嗣的道歉總是這樣，猶如脊髓反射似的。但他的恐慌慢慢平息了。

明日香的長裙在水流中被沖得鼓起，讓ＬＣＬ將她帶離原地。

在ＬＣＬ的流動下漂浮起來的明日香，將駕駛員座椅上的真嗣拉過來後，立刻把他的臉壓在自己的胸口上。

「不論變得多強大，你怎麼都還是個小孩啊……」

她這麼說著，摟過真嗣的手臂一面微微顫抖。

「明日香……？」

宛如星塵般，她靜靜地吐出肺裡的空氣，再深深吸入ＬＣＬ，好讓自己不至於哽咽。

「真嗣……他們說你是夢裡的人。」

明日香的嘴唇埋在真嗣的頭髮裡，讓聲音在他的頭部直接響起。

「夢裡……我嗎？這是夢嗎？」

「你、才、是、夢！真嗣，你正在別人的現實裡安逸地作著夢啊，真正的你和ＥＶＡ一起失蹤了。況且大家都說你是第三次衝擊的中心，是不可能活下來的……但是！」

明日香抱住他的手臂相當用力。

她柔軟的胸部隨著呼吸緩緩起伏。即使隔著制服，真嗣也無法不去意識到她的體溫，那就猶如激昂澎湃的感情般湧來。現在感受到體溫的並非ＥＶＡ，而是真嗣本身。

「但是我回來嘍。你怎麼能跟我錯身而過……就這樣消失不見？快證明給我看啊，真嗣！證明我回到了自己的歸宿……」

這是她在歸來後，從未向任何人透露的不安。

方舟龐大的生命情報湧入體內，讓她長期以明日香ＥＶＡ整合體的另一種形態存在，思緒與形體都以支離破碎的形式保存著。

因此，關於那段期間所發生的事情，她儘管有著隱約的記憶，卻全都像幻影般難以確信。

即使已取回人類的模樣，她依舊無法分辨現在的狀況是否為現實。

方。

「放開我，明日香……」你還說這種話？明日香瞬間露出了這種表情。

「黃泉比良坂……我……沒錯，我和阿爾瑪洛斯交戰，阻止了第三次衝擊……」

真嗣越過她的制服，以及胸前的蝴蝶結喃喃自語著。睜開眼之際，他的視線始終聚焦在遠方。

「沒事的，前方——我想看前方。」

他的情緒從混亂中解脫，讓虛擬顯示器上原本扭曲縮小的視野，迅速朝上下左右擴張。

這裡是哪裡？

「明明剛才還在教室的——這裡不是……中央核心區遺址嗎……？」真嗣說道。

然而抽了抽鼻子的明日香倒是沒看出來。

「莉莉斯的時間停滯球呢？」

「據說被黑色的阿爾瑪洛斯……偷走了……」

「啊？你們在搞什麼啊！」

「明日香才是，到底在幹嘛啊……真是的。」

「總覺得好像……發生了許多事？」

「……是啊，我們這邊也一樣——」

啊，自己的身體也是──真嗣以顯示器的視覺望著ＥＶＡ的身體。

「這是誰改裝的啊……摩耶小姐嗎？Vertex之翼不見了……不能飛的話會很困擾耶。」

「在飛行之前，總得按照順序來吧──」明日香說道。

「首先要用兩條腿站起來……啊，那裡剛好有個適合的東西。」

他們看到了像是扶手的物體。

「抓著那個站起來吧。」

那是摩耶等人在ＱＲ紋章活性實驗中，用來重現「巴別塔」的圓環線性軌道。

「嘖，現在是把我當嬰兒嗎……」

「你看看腳下，摩耶與美里在那裡唷。」

「摩耶！會被踩到的。」

巨人的體表因為拼裝上舊型裝備而顯得凌亂不已。摩耶跑到它的腳邊，就這樣繞了一圈，然後在巨大的鞋旁停了下來。

「怎麼了？」美里歪頭不解。

只見摩耶向她招了招手──模樣就像個孩子。

回頭的摩耶顯得開心萬分。

「找到嘍！」

「？——找到什麼？」

——怦咚……！失控巨人的心跳聲漸漸平息了下來。

美里來回看著巨人的臉與摩耶，總算戰戰兢兢地靠過去。

摩耶指著一些細微的摩擦痕跡——不對，那是文字嗎？

『我在時光的彼岸觀測／碇源堂』

「！」那是在無法憑藉鋼鐵等物質破壞的複合裝甲上，疑似用高振動類工具刻下的文字。在源堂的名字之後，還有以赤木律子為首，接連寫著十幾個筆跡不同的名字，並於最後寫上「存活」二字。

「這是——摩耶！」

美里轉過身，卻見摩耶已繞到巨人的背後仰望著。

「那就是『時間制動器』……」

她望著小小的黑色圓盤，倒抽了一口氣。那並非物質，而是真嗣減速到事件視界狀態的固有時間。

——真嗣，無論你變成何種模樣，要如何運用剩下的０・８秒生命、第三次衝擊的０・８秒峰值能量——「一切都取決於你……」

——怦咚……！

穩定的心跳聲震盪著整個空間。

■大西洋上的Heurtebise

不知為何，她直覺地感受到了。

「碇同學與ＥＶＡ的心跳——」

小光在喃喃自語後，困惑地歪著頭想——自己為什麼會這麼覺得啊……？

——不過，太好了。總之她確信了這點。

「不對，所以才覺得奇怪嘛……我沒看到、也沒聽到，為什麼會這麼確定呢？」

為了反駁自己，小光清楚地說出這個疑問，導致ＡＩ把其當作通訊，回溯到發聲之際，將整句話重新播放出去。

『指揮艦橋呼叫Heurtebise（小光）。發生了什麼事嗎？』

管制機呼叫著飛行中的歐盟ＥＶＡ（Heurtebise）。

『是伴隨機很礙事嗎？』

為了於本國進行正式改裝，在美國航空母艦完成應急維修的Heurtebise正跨越北美大陸，朝著大西洋上的歐盟德國直飛而去。

身為拯救世界的巨人與其操縱者，沒有任何國家阻攔這架儘管傷痕累累卻依舊雄偉的白色巨人飛行。相對地，它所飛越的各國領空空軍、政治家的伴隨機、無數新聞飛機，以及受好奇心驅使想一睹其風采的民航機，紛紛進入這片如今受到電磁干擾，難以說是能安全飛行的空域裡。就連現在也能看見有個小孩在單發螺旋槳飛機的機艙窗口裡揮手。小光讓Heurtebise揮著右手回應。

「Heurtebise呼叫指揮艦橋——克勞塞維茲先生，搭乘ＥＶＡ時，能感應到其他ＥＶＡ駕駛員的生死嗎？」

『妳是指以前提過的ＥＶＡ貳號機與惣流明日香·蘭格雷的情況嗎？』

「不，方才我感應到了下落不明的碇真嗣同學與超級ＥＶＡ的心跳，雖然沒有任何根據就是了。」

『等我一下。』通訊中斷，通訊視窗被關上了。

——管制機想必正在確認我與Heurtebise傳回的遙測數據吧。從生命徵象到腦波，進行全面檢查……——希望心跳不要加快……

即使習慣了，她依舊有些不好意思。而檢查的同時，他們大概也在向日本確認……

通訊視窗再度開啟。

『小光，抱歉，我們已向NERV JPN詢問他是否歸還，但是沒得到答覆。一旦收到回覆，我會再通知妳——也是呢，要是還能再見到他就好了。』

「所以說他還活著。我得在近期內去找他才行。」

——咦，為什麼……？說完後，她再度困惑地歪了歪頭，不懂自己為何會這麼說。

■新的日常

她們已逐漸習慣黑色水手服與會纏在腳上的長裙。穿著舊世代學生制服的零No.特洛瓦與零No.希絲，正把教室裡的桌子搬到走廊上，排成三列。

「妳們這是在幹嘛啊？……」

冬二一面解開黑色立領制服的領子鈕釦，一面扛著書包走來。

「擺成這樣沒辦法走吧？」

「……不這麼做，就沒辦法上課。」特洛瓦指著教室內。

「也是呢……」他拍了一下自己的臉。

「教室的正中央擺了插入拴……所以怎麼著？是要坐在走廊這三排座位上課嗎？有沒有這麼慘啊？」希絲推開教室靠走廊的窗戶，探出頭來。

「沒問題的，因為會開窗，不會太熱也不會太冷。」

聞言，冬二這才注意到。

——說起來這是冬季制服吧？穿成這樣卻不會熱，果然很奇怪。

「既然如此，那就將走廊與教室間的門窗全給拆掉。喂——男生們，過來幫忙。」

與唯所設計的真嗣之夢交織重疊的學校教室，又開始了新的一天。

「啊，找到了！別害我以為你就這樣消失了啦。」

剛到的明日香站在只剩下門檻的教室門前，朝著坐在自己位置上注視著黑板的真嗣喊道。

他看起來有點沮喪，直到昨天為止那種毫無根據的微笑從臉上消失了。

在中央核心區遺址的那場騷動過後，他們根據美里的指示讓插入拴射出——理應如此，然而由美里的角度來看，卻是什麼事都沒有發生。ＳＥＶＡ改造體就這樣停止運作，在冬二把其他學生趕回家的無人教室裡，唯有明日香從插入拴探出頭。

根據冬二的說法，當明日香待在ＳＥＶＡ改造體內部之際，儘管插入拴會不時地莫名發光，卻一直都在這裡，沒有移動過。

「幹嘛管我是消失還是出現，反正我也只是一場夢吧？」

見真嗣別開視線……

「——噗哧！」冬二與零No.希絲同時笑了出來。

「幹嘛啦？」真嗣紅著張臉。

「你真的是真嗣呢。」「鬧彆扭鬧彆扭～」

他被機械手臂與小手同時用力拍著背。

「痛！」

「抱歉——」冬二在察覺到後放輕了力道。

他的左手在現實中，已經在新地島戰役後恢復成真手。

至於在真嗣之夢所支配的這間教室裡，除了制服之外，還有許多事物受到記憶與感情影響而變化。冬二的手之所以仍是義手，是因為對真嗣來說，三年前險些殺死駕駛參號機的冬二，是他一輩子都忘不了的記憶。

「……」

冬二注意到這件事，用義手的拳頭輕輕碰了一下真嗣。

「痛！——你幹嘛啦……」

一旁的明日香看得傻眼。

「所以是怎樣？三笨蛋要替換成員，重新組成嗎？」

「啊哈哈，冬二是笨蛋。」

「妳也被算進來了啦，希絲……」

■使者

超級ＥＶＡ改造體的查證與零件更換，早已開始動工。

即使懷抱直徑數百km的月球碎片降落，又化身為光之巨人，它仍作為ＥＶＡ歸來了。

以內部當然存在著駕駛員（碇真嗣）為前提展開的救援工作，一下子就遇到困難。

艙口無法開啟，切割作業也在物理層面上束手無策。

加上明日香是從教室的插入拴搭乘上去的，導致事態變得更加複雜。

組裝透視用的三維掃描儀之際，同時也進行著其他部位的拆解查證與換裝。然而在各部位的拆解過程中，居然偏偏在機體裡找到了遺體。

遺體穿著戰自特種部隊的制服，死後還沒經過太久時間。

冬月詢問是否要私下處理。美里回道：「把春日二佐叫來吧。」

春日在數小時內抵達。AKASIMA部隊本隊早已為了登陸黃泉比良坂新島而離開箱根，目前正逐漸接近那座問題島嶼，春日是獨自駕駛戰自的N^2側衛戰機Platypus 2飛回來的。

而相同的機體，除了冬二在新地島遭到擊墜的那架外，NERV JPN尚保有三架。

由於上頭具備陽電子砲，目前正在進行再度爆發城鎮戰之際，將其作為空中砲台並透過ＡＩ操控，組成迎擊輪班的想定訓練。當晚，不需要跑道的該款機體在結束想定飛行後，帶著重力子浮筒的不協調音，陸陸續續回到ＮＥＲＶ本部的直升機ＶＴＯＬ（垂直起降機）機庫當中。

春日的Platypus 2混入其中，以冬二機的ＩＦＦ（敵我識別器）降落。

之所以避開從戰自管制的大觀山新機場降落，是因為會有其他見證人由機場路線進入箱根，為避免其他部隊看到他們會合的措施。這件事要是毫無限制地洩露給戰自方面，很可能會引發問題。

從機場進入箱根的是聯合參謀部的高級軍官與戰自醫大人員。他們與春日在ＮＥＲＶ本部會合，見到了遺體。

「這是第一空降隊的佐倉良夫陸曹長，不會錯的。他是三年前ＮＥＲＶ地下本部突擊部隊中下落不明的其中一人。」

裝備品顯示的日期是三年前，然而日期可以輕易竄改。

姑且不論春日等人是否相信，引起美里等人關注的，在於那些時鐘與終端裝置顯示的時間是從三年前本部戰當天算起的三個月後。

停滯球內的時間在流動？

戰自方使用自己帶來的野戰醫院用醫學掃描器，檢查遺體的左臂中心，結果卻讓他們面面相覷，發出呻吟。

「真的是從三年前過來的啊……」春日忍不住提高嗓音。

「你們為什麼會這麼認為？」美里問道。

「他在突擊前七個月有骨折治療的病史。」

代為回答的是戰自醫大的教授。

「骨折治療後的癒合狀況幾乎就停在三年前當時，即使營養不良也不會恢復得這麼慢。」

他的屍袋被關上，並在聯合參謀部軍官與戰自醫大教授的陪同下，以無法看出內容物的恆溫箱運走了。

之所以承擔著可能會引發各種麻煩的風險，特意讓戰自方進行確認，是基於對死者的敬意，以及向戰自表態合作——表面上是這樣。

倘若摩耶的推測無誤，便代表超級ＥＶＡ闖入了從三年前時間就停止運轉的時間停滯球裡，並在接受基於新理論的改裝後，離開了那裡。

美里想找到證據，證明ＳＥＶＡ是從那裡歸來的。

三年前的本部戰裡，在ＥＶＡ與量產型交戰的腳邊，戰自的特種部隊湧入位於地下的ＮＥＲＶ本部，企圖抹殺全體職員。而就在那一刻，莉莉斯停止了時間。

「對另一邊來說，ＳＥＶＡ等於是背負著第三次衝擊闖進去了。既然能進來，也就能出去——佐倉於是懷著這種想法潛入裝甲內部，一心想要離開那裡。」

——我不會同情他，因為……在這瞬間，美里感到奇妙的既視感。

——在某個未來裡，我會被他射殺。

她立刻甩了甩頭，試圖擺脫這個想法。「比起這件事——」

眾人由一般醫療室移動到會議室。儘管戰自方人員已帶著遺體離開，然而春日跟了過來，表示「之後要派部下進入黃泉新島，所以想盡可能取得一些線索」。在僅限於ＳＥＶＡ改造體這件事的條件下，美里同意了他的要求。

在整備室進行ＳＥＶＡ改裝作業的摩耶，因為有了新發現而與眾人會合。

「情況如何？」美里問道。摩耶一邊撥起頭髮，一邊回答。

雖然看似疲勞，她卻像是擺脫了奇怪的執著。

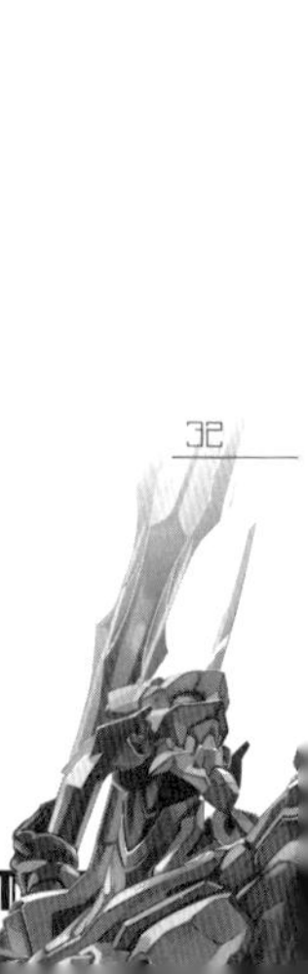

「基礎都在『對面』完成了，所以除了要更換成高信賴性的部件外，只要調整新裝甲就好。」

「啊～就是妳不讓工作人員回家，熬夜偷偷製作的那四片東西吧。」

摩耶似乎有點不高興。

不過在美里接著表示「等完成後，包含妳在內，所有人都休息兩天。F型零號機與0・0EVA的手臂更換，可以交給整備室的工作人員去做」後，她就乖乖坐下了。

見人員到齊，留在指揮所的冬月現身螢幕上，開始報告。

「我們原本估計時間停滯球內的時間是幾乎靜止的，實際上卻似乎經過了三個月。」

「我不這麼認為。」摩耶說道。

她表示SEVA的那個改裝，可能就耗費了整整三個月。

「等等，摩耶，從黃泉比良坂墜落到現在還不到一個星期耶。」

「或許是對面的時間加速了。」「咦？」

試著拆解過SEVA後，摩耶的推測是這樣的：真嗣的母親在次元之門的另一側進行操作，把時間無限趨近靜止的SEVA丟到別說是停滯，時間甚至一度加速到比通常快上好幾倍的源堂等人身邊，要他們設法處理。

「時間無限趨近靜止的SEVA？」

一直忍耐著的美里，終究還是露出了難以置信的表情。
「時間一旦流動，就會在球體內引發第三次衝擊。」
「這也許是初號機軀體的固有能力。」摩耶接著表示。
「當真嗣焦慮地想要阻止什麼事時，ＥＶＡ就會實現他的要求——這種現象在初號機時代的最後有過一次前例，當時是在卡特爾機墜落之際，將蘆之湖凍結了。」
「那不是因為絕熱冷卻嗎……」
「沒錯，而且是量子層級的運動控制。即使如此，仍有９％的溫差無法解釋。」
「那是時間干涉造成的？所以這次他是為了阻止黃泉比良坂墜落，連同自己一起將時間凍結了嗎？」
「我們留有過去第二次衝擊時的功率曲線數據，這次小笠原外海的第三次衝擊也呈現相同曲線，在最後不到一秒的最大能量卻忽然消失了。倘若釋放出等同第二次衝擊的能量，估計就連箱根這裡也會遭受波及。」
聽完說明的美里蹙起眉頭，心想——這也就是說……
「……也就是說，時間在那一刻停止了，第三次衝擊還沒有結束，對嗎？」
冬二舉起手。
「啊～真嗣的老媽在那間教室裡也曾提過這件事。她說那最後０．８２秒是真嗣的餘命，還

說有讓人裝上水龍頭──」

「水龍頭？」摩耶說道：「應該是指『讓它可以控制』的意思吧。」

「第三次衝擊的峰值功率是足以扭曲時空的龐大能量總值，要在不導致毀滅的情況下慢慢消耗這些能量，需要耗費漫長的時間，這將成為真嗣往後的任務，也是他所得到的新壽命。」

「但他是夢裡的人吧？」

「現實裡的真嗣要是醒來，似乎過上０．８２秒就會死掉了。」

春日的嘴角在笑？冬二問道：「有什麼好笑的？」

「是我失禮了，畢竟聽到事態不斷地往像是在童話與怪談間擺盪的故事發展嘛。」

「你也知道這是沒辦法驗證的事吧。」

「我明白你的意思。」美里表示。

「我們在此所做的，只是要讓大家取得共識。重點在於能否將眼前這股強大的力量，作為我們的手段運用。」

「確實如此。」春日說道。

「我明白了。那麼葛城總司令，談笑之餘，我想再問個問題。若說駕駛員碇真嗣並非現實中的存在，那現實中的他在哪裡？」

「現實中的真嗣就在這裡唷。」摩耶回答。

「什麼？」冬二大吃一驚。「呃——這是什麼意思啊？」

看來這似乎就是摩耶所謂的新發現了。

「我們對Ｓ　ＥＶＡ改造體進行了三維掃描，在插入拴艙口內側，脊椎感受器區域裡，可以看到本來的插入拴。」

「怎麼可能……那惣流在搭乘的時候，究竟是怎樣的狀況啊？」

摩耶露出明顯表示「請不要問我」的表情，滑著手上的平板，將影像傳輸到會議室的牆面顯示器上。

「天知道是消失還是重疊了……總之你們看那個插入拴裡。」

在插入拴的圓筒裡，有道人影坐在插入拴座椅上。

只將解像力集中在該處的影像上，確實顯示著真嗣的最後。

那是把左手操縱桿拉向胸前，右手操縱桿則連同手臂一起用力向前揮出的姿勢。張開的嘴巴像是在叫喊，瀏海維持著散亂的模樣靜止——一旦時間開始流動，他就會在這０．８２秒後消失。由於掃描器無法顯示顏色，看起來就像是雕像。

「……真嗣，你這不是超帥的嗎？……」

一想到真嗣在這刻是懷著怎樣的心情，冬二便感到胸口一熱。

「沒辦法強行切開軀體，將他取出來嗎？」

「插入拴外殼底下打不開，即使從胸部切割下去，也難以超過一定深度。我們發現了赤木博士的筆記，上頭說那是個『無法接觸的空間』。」

「他們還留了訊息啊。」

「前輩們似乎嚇了一大跳喔，因為S²機關居然擴大成了心臟。」

摩耶晃了晃卡帶狀的防爆記憶體，隨即將其插入液晶平板，滑到美里面前。內容主要是關於EVA的改造過程，至於刻在S EVA腳上的名字與下落不明的所員人數不合，果然是因為內部出現了幾名死者。接著則是一連串要給外面家人的個人訊息。

「他們想必有許多問題想詢問真嗣吧，或許還想向他傳達一些事情。」

■小笠原群島東方

朝著宇宙透鏡噴上去的巨大海水柱，隨著透鏡對面的月球位置偏移而逐漸崩落，最後平息。

即使混雜鹽分的霧氣消失，卻依舊被厚重雲層籠罩著的問題之島，已近在眼前。

「確保登陸地點，開始移動。」
——只有我這麼感覺嗎？彷彿被整座島拒絕登陸似的，全身毛骨悚然。
指揮席上的遠藤准尉環顧駕駛艙內部，其他三人的臉色——果然也不太好。
『四〇九收到，會在海中待命。』『父島基地營收到。』
將支援艦伊409特型改留在十公里外的海域，戰自的機動兵器AKASIMA登上了曾是月球剝離大地的黃泉比良坂新島。
雖然有著類似海灣的地形適合登陸，卻還得考量之前出現過黑色怪物群的情況。
這座島上肯定有著什麼蹊蹺。
儘管海浪猛烈，但他們仍成功從不易被截斷退路的外海側接近新島，以步行機動爬上溶化過的階梯狀地形。晃動的駕駛艙內，指揮席上的遠藤拍了拍控制台前的顯示器側面。「消不掉呢。」
「請您別弄壞啦。」通訊觀測員說道。
「我不會說這裡要什麼都沒有，但這是月球的碎片吧？島中心方向的這個葉綠素反應，難道不是感測器壞了嗎？」
「美軍和戰略空自的UAV（無人飛行載具）都已經確認過島內有類似森林的區域了。」
「伯勞一號、二號在上空經過。」

兩架Platypus 2從AKASIMA的頭頂飛過，其中一架是春日方才使用過的機體，它們都是從西方小笠原群島的父島飛來的。戰自AKASIMA部隊在那裡設置了指揮中心，春日也待在那裡。

這是因為硫磺島基地很不巧地海拔較低，受到重力下降影響而淹沒在海浪當中，無法使用。

雖然黃泉比良坂墜落使太平洋板塊產生褶皺，導致其潛入的菲律賓海板塊前端正在小笠原群島地區以驚人的速度隆起，但要整座硫磺島露出海面，可能還需要一段時間。

「伯勞二號呼叫伯勞一號——有鳥群在相近高度飛行，存在鳥擊的風險。」

「伯勞一號呼叫伯勞二號。你說什麼！」

僚機驚訝的回覆，讓呼叫方也注意到了——沒錯，是鳥！

那一天，人們在地球上的各個地方，看到無數鳥類在空中排成帶狀。而自那一天起，所有會飛的鳥類都消失了。

鳥類有著與生俱來的導航能力，然而當朗基努斯環在軌道上開始伸長後，混亂的地磁場使牠們陷入錯亂。起初只有一部分鳥類出現這種情況，漸漸卻引發連鎖性恐慌，最終導致牠們自我毀滅——全世界都是這樣報導的。

黑色阿爾瑪洛斯透過綾波等感應者們的話語，拼湊出地球身為補完計畫的舞台，以及月球與地球將交換舞台的說明。

由於內容即使說明也無法讓人理解，距離廣為大眾所知還很遙遠。

然而關於鳥類，沒人知道牠們去了哪裡，也不見集體死亡的跡象。

於是人們開始竊竊私語：「牠們飛到另一個世界了。」憑藉觀察其他物種的動物性直覺，人類這個物種的本能也引導他們找到了八九不離十的答案。

「鳥回來了……！」「喔！」所以他們這麼想著。

——這真的是回來了嗎？……在飛入這座島嶼的空域時，瞬間感受到的不協調感。

——這裡難道不是鳥類飛離人類世界後，所抵達的「另一側」嗎？

「等等——AKASIMA呼叫伯勞一號，前進方向的地形資訊有誤差。」

伯勞——亦即戰自的Platypus 2——能透過極高輸出的合成孔徑雷達，突破會阻礙一般無線電觀測的雲層與氣體干擾，根據獲得的地形資料決定AKASIMA的前進路線。伯勞回覆道：『我再次掃描，請給我網格編號。』

「從A之3到A之——」

「都卜勒雷達發出警報！那座山正在移動！是山體滑坡嗎？」

儘管震動不算強烈，低沉的重音卻在山谷間迴盪開來。

突然間，警報響起。

「ＡＩ判定——大型威脅個體！」

「什麼？」

「過濾掉單次震動外的部分後，看起來像是四足步行的趾行震動……」

「AKASIMA停止！伯勞一號、二號，關閉主動感測器並後退。那說不定是美軍ＵＡＶ所看到的怪物。」

收到警告的兩架Platypus 2在不改變方向的狀況下後退，並逐漸上升。出動前的簡報會議已經強調過在這座島上不能憑藉常理來判斷了。

伯勞一號開始為陽電子砲充能。

當他們穿過瀰漫的氣體，來到像奶油濃湯般白稠的氣體雲層上之際……

『AKASIMA呼叫伯勞各機——注意，觀察到目標動態朝向了姿勢天頂——』

怪物正仰望天空？伯勞正面方向的雲海隆起。

緊接著，濃密的氣體雲表面劇烈噴發。

移動的物體探出頭。

簡直就像在觀賞鯨魚躍出水面。

儘管看不清是否長著眼鼻，那東西卻猶如四處張望般地轉著脖子。

「伯勞二號呼叫AKASIMA，已目視到目標，類似形狀是……巨大的狗——狗的頭部上戴著鎧甲，形狀呈現相互融合——」

瞄準目標的伯勞一號驚呼道，『伯勞二號，快看頭頂，角的後方！』

伴隨著催促，伯勞二號駕駛員放大了ＨＭＤ（頭戴式顯示器）的照相槍視野。

突出尖角的暗淡銀灰色額頭後方，那個紅色突起物也是角嗎？

「不對……那是張開雙手的人型物體！」

『的確很像……那個——不是ＮＥＲＶ的福音戰士嗎？』

看似毫不在意渺小的Platypus 2，額頭上貼附著紅色ＥＶＡ的巨大野獸朝著天空慢慢抬起鼻頭。

『紅色的ＥＶＡ……會是貳——』

咕嗚嚕嚕嚕——！

猶如雷霆般滾滾轟鳴的咆哮傳來。「呃……！」戰自駕駛員們遭受突如其來的巨大聲響壓迫。

放眼望去，空氣正微微震動著。

——嚕喔喔啊啊——啊啊啊喔喔——

「！」就連ＨＭＤ內部都出現了雜訊。

——嗚喔————嗚——長長的遠吠聲響起，巨大頭部再度緩緩沉入雲層之下。

這聲彷彿要穿透腦海的巨響，讓感到頭暈目眩的戰自駕駛員們搖了搖頭。

「那不是狗——是狼啊。」

■我在這裡

儘管跟著明日香與希絲等人一塊前往真嗣他們就讀的高中，真理卻在走進校門後的不遠處，被一層看不見的薄膜擋住了。

她並未獲選為真嗣的夢（和平記憶）中的登場人物。

US EVA beast（Wolfpack）因為生命情報過度流入而消滅，其駕駛員——垂頭喪氣的嬌小真理——正牽著警備部女性工作人員的手，被狗狗安土拖著走在回家的道路上。

就快到LRT（輕軌列車）車站了。突然間，她停住腳步。

或許她仍無法釋懷吧？「真理妹妹？」

如此心想的警備部人員蹲下來關心她。而探頭望來的狗狗安土——

——！卻突然縮回脖子，退開一步。

「嗚……——嗚……汪！」嚇了一跳的牠吠吼出聲。

真理瞪大雙眼，瞳孔詭異地擴大，看著遙遠的某處。

「嗷哦——！」

接著猛地朝東南方的天空吠了起來。

＃2最終號機

■Heurtebise

歐盟德國北部，位於北海沿岸並鄰近荷蘭國境的諾登。在稍微遠離歐盟第六軍駐地之處，有著德國NERV本部。

「到底發生了什麼事……？」

劍介潛入巨大半地下空間設施的天花板，站在俯瞰巨人的鋼梁上。這裡是歐盟（Heurtebise）EVA的整備室。

「這是讓天使去挖煤碳了嗎？」

儘管這是不可能的事，它的手腳卻黑得讓人不禁這麼想。

看來它出動過了吧。擁有創作中的天使之名，美麗的白色貳號機型EVA，不知為何從腳底開始變得漆黑骯髒，目前正進行著清洗作業。

——然而……

需要不擇手段地出動Heurtebise的緊急事件會是什麼？
明明最大的敵人已經由小光用這架Heurtebise消滅了。
——況且它是明天慶典的主角……接下來，全歐洲預定要舉辦一場凱旋慶典。在清洗的同時——也進行著替天使披上鎧甲般白色外裝的換裝作業。
「正義的天使還真忙啊。」
Heurtebise是擊敗黑色阿爾瑪洛斯的英雄，小光是主賓。整備室工作人員此時正忙著趕在徹底修復破損部位前，先清洗巨人的腳下。
「好了，先別管人類的事情。」劍介抬高視線。
Heurtebise的肩膀上，插著阿爾瑪洛斯的ＱＲ紋章。
「我還以為阿爾瑪洛斯消失後，算是那傢伙鱗片的這個量子傳送門也會跟著消失呢。」
猶如黑曜石的板子還有另一片，插在彷彿惡魔附身般掛在Heurtebise左手臂上的長管槍「惡魔脊柱」的膛室上。兩片板子的縫隙依舊閃爍紅光，持續提供能量。
——相比阿爾瑪洛斯的體型小了一圈的巨人Torwächter，本身是形成大型轉移構造「世界樹之根」轉移通道的黑色薄膜。或許ＱＲ紋章並非源於阿爾瑪洛斯，而是來自世界樹之根……？
——搞不懂呢……劍介獨自搖了搖頭。
敵人照理說已經毀滅了，謎團卻一點都沒有解開，令人感到無比挫折。

「所以才會這樣嗎……？」劍介再度俯瞰遠在樓下的作業。

「這對德國NERV來說是場勝仗吧，為什麼他們全都板著一張臉？」

他說得含蓄。

儘管相隔遙遠，看不太清楚，然而實際上，進行作業的人員全都慘白著一張臉——

『你想知道嗎？』

劍介突然被人搭話。

而且就在身旁！察覺到這點的他，反射性地推開本來抓著的鋼骨，在離地面超過一百五十公尺的天花板移動。他抓住旁邊的鋼桁架，將身體緊貼對側躲藏起來。

他從陰影下望向原本的位置——沒有任何人……是錯覺嗎？

「……我在幹什麼啊？」

對突然慌張移動的自己感到羞愧，劍介忍不住罵了一句。

——做出這麼大的動作可說相當糟糕，說不定已經觸動設施的動態感應器了……

但他一轉頭，發現小光的臉就在正前方。「哇……！」

劍介嚇了一跳，背部用力撞上身後的傾斜鋼柱。

「——洞木……」對方身穿表面有著金色電路的黑色舊款戰鬥服。

Heurtebise的駕駛員小光在戰鬥服上披了件夾克。

她很自然地站在鋼骨上，並未特別保持平衡，也沒有抓住任何東西，以像是毫不在意高度的表情動著嘴唇。

「相田……快逃，逃得愈遠愈好——」

「！」然而小光披在身上的夾克突然翻飛，她伸出雙手。

與話語相反，她的雙手抓住了劍介。

這讓劍介……不，甚至連小光自己也是，兩人都失去平衡。

他們一同從高處摔了下來。在墜落的過程中，劍介試圖找出她這麼做的線索和理由。

——難道我現在是受到報復了嗎？

伴隨著展開自由落體的失重感，劍介如是想。

小光之所以會在歐盟成為Heurtebise的駕駛員，是劍介他們NERV情報部失控濫權的結果。為了取得情報與物件資料，他們背地裡進行了許多非法交易。

毫不知情的洞木一家懷著旅遊的心情來到歐洲。與此同時，阿爾瑪洛斯投向地球軌道的朗基努斯發光了。

而沐浴在光中的小光姊姊，連同一百數十萬人一起變成了鹽柱。

——這是理所當然的報應……吧？劍介放棄了抵抗。

兩人繼續朝著整備室墜落。

本應處於停機狀態的ＥＶＡ——Heurtebise突然動了起來。

改裝作業的鷹架倒塌。像是要接住兩人一樣，巨大之手伸向天空。那是隻漆黑之手。

■共識

冬二所知的ＢＬＳ（基本生命支援），是他基於職務有進修義務的一種急救措施。然而冬月搖了搖頭。

「不，我說的ＢＬＳ指的是生物結構，一種複理論性的結構——意指人類思考形態的概略。而在目前的情況，則是表示碇真嗣與外界重疊——」

「的ＢＬＳ層……我明白了。」

眼下真嗣只能在ＥＶＡ的夢境裡存於外界，宛如學校的幽靈般出現在教室裡。當眾人差不多都不想再提及與聽到這段說明之際，冬月代替想迴避這類話題的摩耶，為這個現象命名了。

真嗣＝ＥＶＡ的夢境，與他人現實重疊的ＢＬＳ層。

「這麼一來，報告書之類的文件看起來總算能比較像樣了。每次都得在聯合國機構報告裡寫什麼駕駛員夢境，感覺相當尷尬啊……」

冬二恭敬地低頭道謝，然後像是順便似的問了一下。

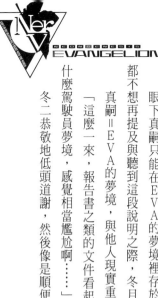

「那麼，在真嗣夢中的真嗣又是……」到底是什麼啊？

「或許能將那樣的存在視為他在夢中的視點吧。在溢出到現實的ＢＬＳ裡定義他自己的符號，對旁人而言的虛擬形象——大概就是這樣吧。」

與ＢＬＳ層重疊的教室受到真嗣的「夢」影響，產生各種變質。

具備拒絕無關人士進入的排他性。反之，若是相關人士，即使身在遠方也會被召喚淺層夢境意識。況且無論本來穿著何種衣物，學生都會在ＢＬＳ層變質成穿著真嗣母親學生時代的制服。

這些全是心理侵犯物理的詭異現象。特別是最後一個關於衣物的情況，記憶中沒有母親直接印象的真嗣是不可能辦到的。

這讓打從以前就私下議論過，真嗣的母親——唯的思考殘留於ＥＶＡ內的假說，以可見的形式得到證實，進而推測她與ＢＬＳ層的產生有關。

事實上，冬二就曾在ＢＬＳ層的教室裡，遇見推測是唯用來當作自己在ＢＬＳ層內的虛擬形象，在現實中已經死亡的零No.珊克。

小不點零No.希絲在遠處緊盯著Ｎ型監視機器人與搜索模式的顯示器，轉頭問道，「ＢＬ真嗣是什麼？」

「……希絲，妳這個誤稱也太過分……」頂著小學低年級外貌的她到底懂不懂？只見她曖昧地回了一聲「喔～～」後，視線再度回到顯示器上。

「怎樣，找到了嗎？」

對於冬二的詢問，水藍色的頭髮用力搖晃著。

一旦移開目光，希絲便很有可能會跑出去找人，落得跟著一起失蹤的下場。在箱根，寄宿在NERV JPN本部的US EVA（Wolfpack）駕駛員真理，趁著警備人員不注意時悄悄地消失了。

■真理逃亡

出乎意料的食客真理，名義上是來自US NERV的客人，然而US EVA曾試圖將明日香連同EVA整合體殺害吞食，具備讓人難以忽視的危險經歷。但只要不搭乘EVA，這名和零No.希絲一樣嬌小的少女並不危險。

在黃泉比良坂的事件後，原本豁達得像是憑藉野獸本能生活的她，徹底轉變為始終得抱著某人手臂的可憐模樣。

而在真理消失的那個傍晚，據說她高聲發出了吠叫，彷彿找回過去的自己。

——猶如一匹狼。

同時失蹤的還有與希絲相當要好的黃金獵犬安土，牠是戰自的春日二佐託付希絲照顧的大型犬。

他們立即提高道路等交通基礎建設的警戒等級。

搜尋網卻始終沒有找到真理。

「真理遵行貓耳野獸之道～♪」

警備部在聽到希絲唱的奇怪創作歌曲後恍然大悟，立刻改變搜索範圍，專注在山野地區上。不過他們已經給了她充足的時間，而且放出的搜索犬們在聞到她的氣味後，全都害怕得往後縮。即使失去ＥＶＡ、即使受到透鏡過濾，導致混入的基因痕跡自體內消失，真理依舊是立於眾多動物意識之上的狼王。

藉由降低人類的特徵，提高ＥＶＡ與駕駛員的適配性——真理和US EVA（Wolfpack）基於這種概念進行了重大的基因改造，編入眾多動物的ＤＮＡ。她也將自己視為一個族群。

族群再度呼喚著王。她以遠吠回應後邁開步伐，奔跑而去。

當安土與真理從第三新東京沿蘆之湖岸邊往南前進的足跡被發現時，他們已經潛入大觀山新機場，登上了某架緊急起飛的飛機。但這是日後才知道的事，目前警備部布下的陣仗依舊在山裡搜索中。

「還沒找到真理嗎？」這麼詢問的美里穿著平時不常穿的簡易制服，一邊走進指揮所，隨即由仍舊開啟的搜索畫面理解了事態。

「抱歉，還沒找到——是說日本政府的新島對策委員會找妳過去幹嘛啊？」

冬二問起特意把她叫去的原因。

「是些不方便在電話裡講的事情呢，不過應該很快就會洩露出去了吧。」

美里將手上的文件隨手塞到冬二胸前。他接過文件，以冬月也能看到的角度翻開。「咦——月之夜見島（暫訂）……」「哎，沒想到借宿的聯合國機構隨便取的名字會變成正式地名——呃，我要你看的不是那邊啦。」

冬二繼續翻著文件，「——等等……」隨即看到一張紅色ＥＶＡ的照片。

「貳號機？怎麼會——」

「據說黃泉比良坂新島上出現了像山一樣巨大的怪物，而貳號機在那個怪物頭上成了浮雕呢。」

「什麼？」

美里穿過冬二等人來到自己的指揮席，拿起放著的耳麥呼叫第一整備室。「與正在換裝結合的０．０ＥＶＡ（特洛瓦機）新左臂成對，那隻培養生產的新右臂還在培養槽裡吧——沒錯……」

而冬二的注意力儘管完全受到遞來的文件——貳號機半埋在戰自機以照相槍拍攝到的巨獸頭

部中的圖片吸引……

「在熱休克處理後，把那隻右臂吊在基地中央，石棺上方的陣列電纜上。」

但美里的詭異指示，立刻把他的意識拉回現實。

「什麼？」要把EVA的手臂吊起來？吊在外頭？冬二當場聯想到從未親眼目睹，但據說會把青花魚或竹筴魚（其實是沙丁魚）的頭部掛在門口驅邪的地方習俗。

「妳要用相當於一艘輕型航空母艦的零件來驅邪？」聽到冬二這麼說，冬月這才恍然大悟。

「不對，這反而是要召喚吧？妳決定要與惡魔訂契約了嗎？」

「好啦，去把明日香叫來吧。」看來話題又回到貳號機上了。

「——這樣好嗎？惣流那傢伙絕對會嚷著要去取回來唷。」

「所以啦～」美里說道：「即使瞞著她，也很快就會曝光的。」

■認知的幅度

小笠原東方，黃泉比良坂新島對板塊造成的擠壓，讓早晨的第三新東京受到不知道是第幾次的餘震搖晃。不過這天高中依舊照常開放。

真嗣他們的教室仍遭插入拴占據著中央。

儘管覺得這種日常相當麻煩，穿著舊世代黑色制服的學生們卻各個都發揮了高度的適應性。

ＮＥＲＶ本部已透過校方，向學生們發出維持現狀的通知。

雖說控制住局面了，但目前正在整備室進行改裝的超級ＥＶＡ，依舊懷著第三次衝擊的龐大能量。

而在這所學校裡如幽靈般出沒的ＢＬＳ層真嗣視角，是能窺探到超級ＥＶＡ內部情況的唯一線索。所以不能改變現況，失去這唯一的線索。

這所高中的學生大都是ＮＥＲＶ相關人員的子女。

至於說起擺著插入拴的這個班級，更是以前第三中學的適任者選拔候補生組。

接受命令可說是他們的職務。

一旦這麼想，也就能釋懷這種不該存在的同學出現在眼前的奇妙狀況了。

畢竟世界正瀕臨毀滅，與外界相比，只須上學就好已經算是相當輕鬆了吧。只要當成一種奇特的活動，便能樂在其中。

教室裡，明日香趴在桌上伸著懶腰。她這副模樣反而罕見。

ＥＶＡ所作的夢——ＢＬＳ層的真嗣不知不覺間出現在教室裡。

「妳怎麼啦?」他主動關切起明日香。
「啊——真嗣……別管我啦……」明日香趴在桌上含糊嘟囔,散在桌上的金髮髮尾帶著柔順的光澤滑落而下。
明明要人別管她,她卻繼續說道:「——他們說找到貳號機了。」
真嗣一愣。
——唔嗯,他試著回想起明日香EVA整合體的最後場面。
「……這很怪呢。貳號機不是被真理的Wolfpack啃食,碎成粒子了嗎?」
「對吧~」儘管依舊趴在桌上,但明日香總算把臉轉過來了。
「哎呀,妳的鼻子和額頭都壓紅了。」
只見明日香一臉憂鬱且略帶疲憊——不對,這是她在思考時的模樣。
「照理說,軌道上的朗基努斯環所產生的空間透鏡,使月球附近的剝離岩盤黃泉比良坂粒子化,接著在透鏡對側的地球附近聚焦並重新構成了吧。」
「嗯,這也讓黃泉比良坂省略了移動過程,突然出現在低軌道上,朝著地球墜落。」
這是在複習什麼?真嗣心想。
「但我與貳號機完全融合的整合體,也因為被捲入了這個粒子化&重新構成的過程,導致幾乎只有我的要素被透鏡集中起來,使我能以人類形態回到地球附近。」

「沒錯，」一旁US EVA的真理也是呢。照理說她同樣混合了多種生物的基因，不過現在就只是個普通女孩。」

「原來如此。」說到這裡而想起某件事的明日香瞪向真嗣。「真嗣，你是不是討厭真理啊！害她進不來這裡，沮喪得離家出走嘍。」

「咦？關我什麼事！不然我該怎麼做才好？」真嗣只覺得她這是在找碴。畢竟真理無法踏入學校，對他來說也很意外。

「這裡是你的夢境重疊之處，只要你認為她可以進來就ＯＫ了吧？還有老師之類的也是——雖然我也不太確定啦。」

「喔……」真嗣嘆了口氣。是這麼回事嗎？

「回到方才的話題。受到空間透鏡重新構成的，該不會不只我和真理吧？」

真嗣總算聽懂明日香想說什麼了。

「……妳是說貳號機也是嗎？……在黃泉比良坂上……可是它被殘忍地吃掉了耶？」

「被吃掉的部分都在Wolfpack的肚子裡，方舟飛散的大量生命情報也在黃泉比良坂周邊，這些全在透鏡的顯示範圍內，難道不行嗎？——還是說時間有落差呢？」

「……嗯～」真嗣也苦思起來——等等？

明日香在煩惱的不是這個吧。

「明日香，我們應該是在討論取回貳號機的事吧？」由於話題一直沒有轉到這裡，真嗣便直接問了。

即使軀體就在那裡，狀況卻完全不明，況且風險很高，成功的可能性也很低。然而發揮貳號機的力量達成某些事情，理應是明日香的人生宗旨。

「呼～～……」咦？見她一反預期地大大嘆了口氣，真嗣有些失落。

響起的鐘聲宣告上課時間到了。

桌椅嘎吱作響，眾人陸續回到自己的座位上，目光仍留在明日香身上的真嗣也拉開椅子。

——她到底怎麼了？他一點都不覺得明日香會害怕。

一如往常穿著制服的小不點零No.希絲，趕在最後一秒從教室後方衝進來。

然後……——喔！全班都露出意外的表情，就連明日香也是。

她卻隨即咧嘴一笑，催促起班長：「——真嗣！」

「啊——起立！」

走進來的是真正的班導師。

「抱歉遲到了，我剛剛終於能踏進校舍——」

——是這麼回事嗎……受到明日香指摘後，真嗣稍微改變了認知。

原來如此。然而自己的「夢」究竟能對外開放到何種程度呢？

今天冬二在指揮所，No.特洛瓦則在調整接上手臂的0．0EVA軀體。零No.希絲試著幫缺席的兩人代點名，卻徹底失敗了。

■歐洲凱旋慶典

指揮所進入了夜間輪班。

「那邊怎麼樣？」「北美的監視站點也不行。」

相較於白天的人數，現在顯得空蕩蕩的。

一開始只是下甲板負責通訊的操作員間竊竊私語。但目前通訊網路常會中斷，或因為高負荷而出現故障，讓他們猶豫起是否該叫醒正在休息室休息的上司。「不過歐洲媒體的直播特別節目有正常播出呢。」

操作員抬頭望向主顯示器一角，上頭正播放著被靜音的盛大遊行。

回自己房間之前，冬月偷看了一眼深夜的指揮所。發現顯示器上開啟的子視窗正在播放電視節目後，他稍微板起臉。

然而，畫面中出現了布魯塞爾特色的塔樓，四處飛舞著紙花。「啊……」他立刻察覺。

「是歐盟的凱旋遊行啊。」

盯著這幅舉國慶祝的歡騰景象，一名夜間操作員坦率地道出感想。

「明明月球依舊在膨脹接近，軌道上就要形成圓環的朗基努斯之槍也還是老樣子，這種慶祝活動真的適合嗎？」

街道上擠滿著人、人、人，全都揮舞著以藍色歐盟旗為中心的各國國旗。

「對歐盟來說是有必要的吧。」冬月回答道。

「畢竟他們才經歷過一百五十萬人以上化為鹽柱的朗基努斯現象啊。」

歐盟立即反應部隊的車輛與士兵經過了鏡頭前，沿途擠滿街道的人們都露出笑容。

「喔，是新型的邁射車，好大啊……」

不待年輕操作員的感慨結束——

邁射車傾斜，是攝影機倒下了嗎？儘管一瞬間看來像是這樣，事實卻並非如此。

傾斜的是畫面中那台重達六十噸的邁射車。它宛如紙箱般飛起，接著斜斜地掉落。

「什麼！」

「是意外嗎？」——看來不是這種程度的事。

塵煙以驚人速度襲捲而過。攝影機沉重晃動的剎那間，中斷的畫面切回攝影棚內，然而那裡也亂成一團，沒有人在意鏡頭。

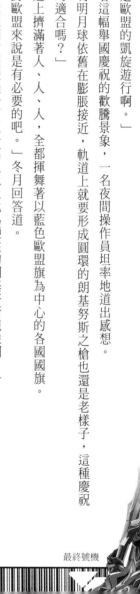

隨著待機畫面結束，畫面變成歐盟ＥＶＡ——Heurtebise歸還時的錄影影像。

「……到底是怎麼了……！」

「不清楚——會是龍捲風嗎？……有其他畫面或訊息嗎？」

眼下先不論真偽，網路上理應會充斥著大量來自個人的情報。不過在世界規模的災害連鎖下，通訊環境極為脆弱，導致這種個人訊息遭受很大的限制。

冬月對樓下的通訊負責人發出指示。

「媒體不行的話，就試著透過德國ＮＥＲＶ的專線詢問吧。」

「那個……」下甲板的工作人員總算報告了狀況。

「打從三十分鐘前就無法通訊了。推測可能是對方的機械故障——」

「你說什麼！」

穿著便服的冬二衝進了指揮所。

他方才恐怕是在自己房間裡觀看可能會拍到小光的遊行情況吧。

所以也目睹了歡慶轉變為恐慌的瞬間。

「這到底！……發生了什麼事——」

就在冬月轉身望向冬二之際，背後原本呈現單色的待機畫面突然跳出了新影像。

那是超出校正極限的晃動影像，明顯是奔跑中的畫面。

隨著晃動的畫面往旁邊平移——

「怎麼可能……！」畫面中整齊的街景形成完美的遠近感。只見街道盡頭站著被湧起的火災煙霧纏繞的黑色巨人。

——阿爾瑪洛斯！

那絕非幽靈。儘管鎧甲形狀似乎不同於以往，但全身布滿ＱＲ紋章的模樣，明顯就是阿爾瑪洛斯。紛紛尋求逃生場所的人們奔跑、碰撞、跌倒，攝影師也受到某種撞擊，使得畫面劇烈晃動。

在倒下的畫面中，阿爾瑪洛斯揮動著陌生的鋸齒狀左臂。

宛如尺寸不合的護手甲般垂下的前端發出閃光。

中心球體被射穿後，過去世博會的紀念碑——彷彿分子結構的巨大原子球塔逐漸崩塌。

聲音斷斷續續地傳來。

全是尖叫聲，絕大多數是在呼喊他們自己的英雄。

歐盟的ＥＶＡ——Heurtebise。然而，白銀的人工天使並未出現。

看到呼喊著小光名字倒下的親子，冬二感到一陣心煩意亂。

畫面突然再度中斷。

冬月緊急呼叫美里。

「怎麼可能……！」

只見街道盡頭站著被湧起的火災煙霧纏繞的黑色巨人。

■

「鈴原。」不知何時出現在他背後的明日香低聲說：「我們現在就去學校。」

——小光怎麼了？她的Heurtebise出了什麼事？

阿爾瑪洛斯為什麼會出現？——

儘管混亂，冬二依舊作為代理副司令讓大腦運轉起來，做出答覆。

「不……妳等一下——」為了不讓冬月等人聽見，他壓低音量。

「BLS層是真嗣在上學時間裡的夢，不會在晚上發生吧。」

「現在是說這種事的時候嗎？」看來明日香是認真的。

■夜晚的教室

深夜要闖進學校裡意外地麻煩。冬二他們靠著在休息室小睡的青葉迷迷糊糊傳授的「不被保全公司的集中監控發現，將校內警報器時間調整到上班時段的方法」潛入其中。

一踏進學校玄關，明日香便大喊道。

「喂——真嗣！快顯靈啊～！」

「等等，喂！」儘管情境是很像沒錯——

「聽我說，惣流，真嗣可不是學校裡的鬼喔。妳趁半夜把插入拴搬進來時，他也沒出現吧？」

「當時沒受到ＢＬＳ影響，也有許多科學部與技術部的人在呢。」

「妳到底給人添了多少麻煩啊？」

什麼事都沒發生，他們就這樣抵達教室。

「畢竟一個人處理不來這麼大的東西嘛。」

明日香走進教室，拍了拍仍然擺在那裡的插入拴。

「瞧，什麼事都沒發生——要開燈嗎……？」

「不用，就這樣吧——月光亮得有點噁心。」

「因為它奪走地球的體積，距離也不到十一萬公里了呢。」

「看啊，真嗣，月亮很美唷。」

一切都發生在瞬間。敞開的窗戶旁，把手放在窗框上的明日香原本一身長袖T恤&熱褲，模樣卻宛如穿過水中般晃動，變成那套黑色制服。

——ＢＬＳ層來了……！

「喔，仔細一看，還真像動畫裡的魔法少女變身耶。」

「……鈴原，你會看那種動畫啊？」
「我說啊……」
『是冬二的妹妹喜歡看啦。』
兩人轉頭看向聲音來源。只見那裡有道朦朧的影子，聲音則是——「……劍介——？」
看似劍介的影子坐在他座位的桌子上，雙手手肘靠在大腿上，疲憊般地垂著頭。
「在她小時候——對吧？」
——希絲說的就是這個嗎？只要是真嗣認為出現在自己身邊很自然的人物，即使身在遠方作夢，也會被吸引過來——
但沒聽說會這麼模糊不清啊。莫非劍介那邊發生了什麼事？
「相田……？」
「惣流，妳等等——喂，劍介，你現在到底在哪啊？」
「本來是在德國，不過現在——冬二，出大事了。」
「跟出現在歐盟大本營的阿爾瑪洛斯有關嗎？」
「怎麼，你已經知道啦？最後只在眨眼間……白色軀體被黑色侵蝕，洞木與Heurtebise……變成了阿爾瑪洛斯。」
砰！冬二忍不住踏出一步，踢倒了椅子。

「你說什麼……！」

■以毒攻毒

指揮所的警報響起，類型是偵測到敵對個體透過轉移接近。

「還真快啊。」冬月說道。「先暫緩展開市區武裝區域！」

「別開火喔。」美里向各部門再三強調。

『0．0EVA（特洛瓦機）將升上駒岳射擊哨。』

「好，照著說好的行程進行吧。」

『別開火唷。』傳來了與零No.特洛瓦同樣的聲音——不過……

『接收到已註銷登記的EVA卡特爾機的IFF！來自舊大涌谷方向。』

「卡特爾……！」

同為綾波零並列同位體的No.卡特爾，以及日向的聲音，傳入正在插入栓裡的零No.特洛瓦耳中。特洛瓦現在搭乘的0．0EVA，已卸除大部分本來裝備的0G0氣壓環境下大型外裝。輕裝姿態的它，將ＥＶＡ火砲中最長的伽馬射線雷射砲朝向北方。

無重力規格的砲管立刻彎曲，儀表警告砲管因重力與運動產生變形，但在這種距離下並不成問題。

目標是舊大涌谷，隨著箱根山的火山蒸汽湧出，附近一帶植被稀疏，並崩塌成平緩的丘陵地形。０・０ＥＶＡ突然從那裡發現自地面長出來般出現的物體。

它放大鏡頭，以瞄準器捕捉對方。

「特洛瓦機呼叫ＣＰ（指揮所），已鎖定目標，是我們預期的客人。」

只見帶著橙色與黑色的ＥＶＡ變異體卡特爾機，從地面緩緩升起。

它利用大型轉移構造「世界樹之根」轉移而來。

現身眼前的它讓人難以置信跟特洛瓦搭乘的機體一樣是０・０ＥＶＡ，已成為甚至帶有天使載體翅膀的奇美拉了。

■夜晚的教室Ⅱ

市區響起警戒警報。

然而方才那番話太過令人震驚，冬二與明日香只覺得警報聲聽起來非常遙遠。

而小光捲入其中。劍介的話讓人難以置信。Heurtebise阿爾瑪洛斯化。

「到底是怎麼回事……？」無法保持沉默的明日香提出疑問。

「……我也搞不懂啊——」

「我馬上飛往歐洲。若是VTOL甲板上的Platypus，用最大巡航速度大概——」

冬二揮舞著拳頭表示，看似不惜拋棄代理副司令的資格也要這麼做。

「你飛去也沒用吧？」明日香說道。

「為什麼？」然而出言反駁後，冬二終究還是承認了。「——也對……」他對事態根本毫無頭緒。

「砰！」他敲響桌子。「不，即使如此……！」

「冬二，慫流指的是阿爾瑪洛斯馬上就會轉移離開了。」劍介補充道。

「沒錯。」明日香說道。「倘若要對抗它，就得在它的目的地相見才行！」

「！」冬二一個踉蹌，用手撐住背後的桌子——目的地……在哪裡？

而明日香喃喃自語般地說道：「我的劍也在那裡……唉，結果還是變成這樣了。」

「？」劍介困惑地抬起頭。

明日香轉過身，對著某張桌子前不在場的人物開口。

「比方說，真嗣，當最強的敵人被擊敗後，還有什麼理由繼續搭乘ＥＶＡ？」

她宛如演戲似的指著真嗣的座位。「開玩笑的，我只是自己想了一下。」

她垂下伸出的手臂。

「光是啟動ＥＶＡ就會產生負面影響。做好接受啟動損害的準備，以阻止更大的災害，是啟動ＥＶＡ的絕對原則。然而一旦來到創造的回合，就不再合適了——諸如此類的事。」

劍介有些頭暈目眩——她居然在這種狀況下考慮戰後的情況嗎……

因為沒被選為適任者，懷著強烈自卑感的他加入了情報部。

是以儘管抱持理想，但被選上的人究竟如何看待世界，甚或捨棄被選上的一切，勇敢邁開新一步的想法，他根本想都沒想過。

「那妳就排除萬難，克服給我們看吧。」

希望她這麼做、希望她能這樣活著，劍介於是脫口而出這句話。

「當然！不過在那之前——」明日香突然指向南南東方向。

「我們要去黃泉比良坂新島。反正也會和阿爾瑪洛斯在那裡碰面嘛。」她充滿自信地宣告。

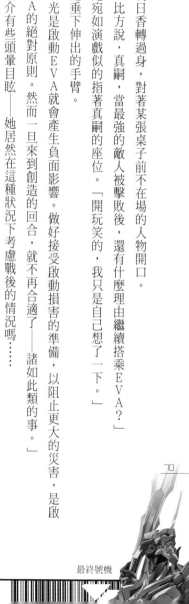

「要去新島？」冬二儘管吃驚……

「不，等等——的確有可能……也就是說我們不用去找它，那裡是唯一只要採取行動，阿爾瑪洛斯就可能會主動過來的地方？……——攻守交換還是頭一遭吧？——黃泉新島……」

「對吧？」明日香說道。「空間透鏡跟靜止衛星一樣，停留在那座島的遙遠上空，每當月球經過對面就會吸走海水。那座島可說是巨大臍帶電纜的起點，我們則要去剪斷那條創造新世界的臍帶。黑色巨人一定會造訪的，對吧，真嗣？」

「——的確呢。」被詢問的他如此回答。

不知何時出現的真嗣，就坐在插入拴上。

「冬二，我們走吧！」他難得強有力地說道。我為什麼會從這裡逃走啊——望見這一幕的劍介忍不住這麼想。

貳號機也在黃泉比良坂新島上，明日香總算想要取回ＥＶＡ。小光與阿爾瑪洛斯造訪該處的理由已經有了。

鈴鈴鈴——上課鐘聲在深夜響起。

因為他們調過了計時器，這是另一個現實開始運作的時間。

或許是身體醒來了吧，帶著微笑的劍介身影漸漸模糊起來。

因為鐘聲而察覺到異常的附近居民，開始用手電筒照著校舍。

畢竟這個地區的避難所入口就在操場上。明日香柔軟地後仰，避開從敞開的窗戶照進來的光線。

「被抓到會很麻煩，我們快逃吧。」「喂喂喂……——真嗣。」

真嗣鑽進插入拴。

「我知道，我會從這裡出發——冬二。」「幹嘛？」

「我會盡己所能去做的。」所以你可別亂來，好好想過再行動——是這樣的意思吧。

變成這副模樣的纖細友人堅定地說道。

「喔……——了解！」原本焦急不已的冬二也握起拳頭，重新振奮精神。

■以新的名字

外頭來了如今已被判定為敵人的ＥＶＡ變異體卡特爾機。

在最壞的情況下，就讓連駕駛員所在位置都無法確認的超級ＥＶＡ改裝型，與朗基努斯之槍複製品一起從地下高速搬運通道逃走吧——正當整備室裡的摩耶這麼想時……

——心跳……加速了？

這段時間，摩耶一直埋首於超級ＥＶＡ改裝型的外裝調整上。儘管累得暈頭轉向，她依舊立刻感受到變化。她抬頭一望──超級ＥＶＡ的眼窩在發光……！

「全員撤離，中斷整理作業！」

整備室工作人員全都被她的指示給嚇到，停下手邊工作後連忙跑走。

「先別整理電纜了！──真嗣，你在上頭嗎？」

聽到呼喚後，超級ＥＶＡ轉動頭部，朝這裡看來。

『摩耶小姐……』真嗣的聲音透過超級ＥＶＡ的外部揚聲器迴盪開來。

進入教室的插入拴之際，真嗣的意識就同時回到ＳＥＶＡ裡了。

『果然沒有翅膀呢，這傢伙不能飛嗎？』

聽到這種跟外行人沒兩樣的提問，疲憊的摩耶隨口答道。

「能不能飛，試看看不就知道了？」

『好的。』「咦？」

冬二與明日香從學校回來了。

見到巨大的碟狀本部中央碟底──地面反射器被周圍的設施探照燈照亮，上頭有著ＥＶＡ變異體卡特爾機，讓他們嚇了一跳。

變異體胸前插著ＱＲ紋章，穿著真嗣戰鬥服的反叛者零No.卡特爾就站在前方。或許是注意到冬二他們了吧，她輕輕揮了揮手。

正因為她光是這樣就能操縱ＥＶＡ，才讓人難以理解。

吊著天線陣列的電纜線上，懸掛了ＥＶＡ型的素體右臂。獨臂的ＥＶＡ變異體抓住它，按在自己少了手臂的右肩上。

被按上去的新手臂以異常的速度融合。

「原來那是誘餌嗎？」美里似乎是特意叫來ＥＶＡ異變體的。

反射器中央有個縱坑，能從上方窺見一部分覆蓋著舊Geofront的石棺半球體圓頂。過去卡特爾機潛入該處時同樣引發了大騷動，所以這次來訪令人感到非常不對勁。來訪者的一舉一動都讓氣氛變得緊張，能感覺到特洛瓦機正從駒岳射擊哨瞄準著卡特爾機。

而離卡特爾機稍遠之處，還有一個地方聚集著探照燈光芒。

反射器上，NERV JPN總司令葛城美里與SEELE的容器——加持良治碰面了。

美里尋思聽到的事實，一邊喃喃自語，然而一切實在讓人難以置信。

「也就是說，在阿姆斯特丹大肆破壞的黑色巨人阿爾瑪洛斯是歐盟ＥＶＡ？為什麼？」

「因為歐盟的ＥＶＡ打倒了黑色巨人。」

「你的意思是……」

「倘若源堂之子駕駛的初號機擊敗變成黑色巨人的歐盟ＥＶＡ，接下來他們就會成為黑色巨人。而要是貳號機與明日香．蘭格雷殺害了黑色巨人，也會成為下一個黑色巨人。」

「黑色巨人阿爾瑪洛斯是——無法擊敗的……」

「沒錯。」在從三個方向受到探照燈照射的位置上，三個加持的影子憂鬱地張開了六隻手。

「那就是這世界的道理——一切都不會改變。」

「怎麼可能有——這麼愚蠢的事啊……！假如……假如這是事實，我們一直以來又是為了什麼在戰鬥！還以為已經奮戰過了！」

「所以我說過啦，『滿意了嗎？』」

加持的容器連笑都沒笑，宛如敘述「理所當然的過程」般說道。

看起來也像是真正的加持在開導美里。

「一切都不會改變。世界最強的存在——也就是打倒黑色巨人者，將會成為下一個新的使者、新的黑色巨人，僅此而已。」

無論人類做了什麼，都不會終止為了下一次補完計畫的偉大整地作業。

「所以是ＥＶＡ幹的好事嗎？」

「不，是方舟附帶的精算管理『機構』。」

關於這點，目前並沒有證據。
理應當作對方用來打擊己方士氣的一派胡言，一笑置之就好。
然而要是不知道更好。「葛城，你們已經很努力了。」
——不准用良治的語氣！她已經連這樣反駁的力氣都沒有了。

直接跑上ＶＴＯＬ甲板的冬二與明日香不打算駐足在此，不斷向指揮所要求雙座型Platypus 2的使用許可。
『為了讓惣流這個笨蛋好好反省，我要帶她去看她掉在黃泉新島上的巨大遺失物。』
『老師！這傢伙要是沒人看著，可是會飛去歐洲找女朋友的唷。我會一邊監視他的，就把他借給我當司機吧。』
冬二與明日香互指著對方，連珠砲似的說個不停。
指揮所裡的冬月表示：「你們已經不是不懂能否批准這種請求的小孩子了……」
屋外，美里的耳機也接收到這些對話。
——他們打算做什麼？聽到世界結構上的絕望——阿爾瑪洛斯無法被擊敗的事實後，年輕人們毫無緊張感的話語卻響徹如泥濘般沉重的思考一隅。
「你們在這種緊急時刻說些什麼啊？」冬月告誡著二人。「已經發出緊急待命命令了吧？都十七歲了，做的事還跟十四歲時沒兩樣！」

『正因為是緊急時刻……！』明日香大喊。『——所以我想去接朋友，貳號機也在等我。既然做什麼都無法改變，我反而想大鬧一場，畢竟這是最後的舞台了！』

最後的舞台。

明日香的聲音迴盪在指揮所的空氣中。

——或許的確如此。這次無論如何……不，應該說這次的發展將會成為最後。得知阿爾瑪洛斯復活的所有人都湧現了這種預感——沒錯，贏也好、輸也罷……

在場的全體工作人員，都感到自己的血流基於恐懼或覺悟而猛烈加速了。

『總司令！』日向的聲音突然介入。

『第二整備室傳來通知！超級ＥＶＡ啟動了……！』

「！」美里這才察覺到真嗣也有相同想法。對了，打從新地島之戰後，一切都變得消極被動，因為不知道什麼才是解決方案。

然而孩子們現在正鼓舞我採取行動。

『美里，我們可以去吧？那我們走嘍！』『冬月教授，剩下的事就麻煩你了。』

『你們幾個！』

「呼——」美里長嘆了口氣，露出傷腦筋的表情——使勁地抓了抓頭。

「以偵察名義替那些孩子們編一個飛行計畫！日向，修改超級ＥＶＡ的代碼。」
做出指示的總司令姑且詢問了耳麥另一端的冬月。
「不問問我嗎？代理副司令輔佐。」
『要問什麼呢？』老人淡然答道。冬月心想：既然NERV JPN的方針已定，也沒什麼好說的。發表一般性看法是老人的工作。
心中稱不上有太多感慨，準備與協調都還不足。
畢竟少年少女是突然決定要出發的。
『請認證註冊新代碼！』
日向在指揮所中甲板上等待美里指示。
——明明只要不把這群頑皮的小鬼頭當成大人看待，他們就會囂張地鬧起彆扭啊……！
直視著加持的眼睛，NERV JPN總司令葛城美里下達命令。
「註冊此名後，請開創一個不再需要新ＥＶＡ的世界吧——福音戰士最終號機，起飛！」
能源基礎設施在早前的城鎮戰後仍有部分損壞。
消耗了讓一般區域的照明「啪」地閃爍的電力，重達三千五百噸的巨大軀體自美里背後垂直射出。在巨大加速度轉為無重力的瞬間，深吸了一口ＬＣＬ的真嗣握緊把手，將心中的意念以話

重達三千五百噸的巨大軀體垂直射出。

「飛吧！」

語喊出。

「飛吧！」

得到名字的最終號機彎曲背部，四座懸掛架隨即變換位置，宛如要包覆住在最終號機背後飄浮的漆黑圓盤「時間制動器」。此時，黑色圓盤突然伸出光翼——是光之巨人的翅膀。

而作為先前在新地島之戰中損毀機體的替代機，新Platypus 2雙座並列型正待在VTOL起降甲板上。「咻♪」駕駛艙裡的明日香抬頭望著光翼吹起口哨，正在機外將貨物莢艙固定在機體上的冬二則是高聲歡呼。幾乎沒有展開的四片光翼筆直伸出，在背後推動最終號機，使它瞬間越過東邊的火山臼，消失在視野外。火紅燃燒的粒子宛如飄散的羽毛般落下，光翼很快就化為殘影消失了。

瞬間送走全高一百二十公尺的巨人，衝擊波留在火山臼內側不斷反彈。

「好啦，良治。」美里開口道。

「總之作為代價，希望你能陪我們度過這場無謂的掙扎嘍。」

#3真嗣的槍

■急轉

月球運動隨著公轉半徑大幅縮小而加速。當它與空間透鏡一同自黃泉比良坂新島上空橫越，巨大海水柱便會朝著宇宙升起，掠奪地球的質量——這樣的情況想必將會不斷重演。而在第二次掠奪平息之際……

即使得到兩架最新銳機的偵察支援，戰自的AKASIMA依舊追丟了頭部貼著類似EVA貳號機聖像的那頭超大型四足獸。要是失去小型物體的蹤跡也就算了，然而這個猶如山脈巨大的動體卻像是融入地形般地消失無蹤。

而在重新發現牠之前，先產生的問題反倒是人類國家之間的不合作。

環太平洋地區眾多國家的三艘超大型登陸潛艦，自新島對側展開登陸。

北美聯合軍、南美洲國家聯盟，以及中國東亞共同體等國家吳越同舟，一齊合作登陸，總共組成了規模達一萬人的大部隊，朝著島嶼中心闢徑前進。

當中有半數是調查團，另一半則負責搬運共計十二座的大型N²彈。

歐盟並未立刻承認ＥＶＡ——Heurtebise失去控制變成阿爾瑪洛斯的事實，是以沒有廣泛造成混亂。然而新阿爾瑪洛斯現身歐盟核心地區肆虐的消息，早已在瞬間傳遍世界。

眾人意識到了——災難根本沒有退去。於是他們下定決心。

倘若啟示錄正是以黃泉比良坂新島為橋頭堡，新展開的地球質量掠奪，他們就要立即炸毀整座島嶼。

而儘管AKASIMA在戰自裡是專門負責對抗使徒等大型威脅個體的部隊，他們仍向各國發出立刻撤離島嶼的呼籲。

「這裡是受國際法保護，日本領海內的新島！」

AKASIMA與伯勞一號、伯勞二號隔著通往島中央山脈的一座山丘，與數架攻擊型空中武器載台對峙著，它們似乎跟Platypus 2一樣是N²重力子浮筒機。

實際上，對方已多次向日本表明這次強行作戰的緊急性，並尋求合作。

列島國家政府卻未立刻給予肯定或否定的答覆。

一方面也是因為災難接連不斷，導致政府中樞混亂，不過在這個國家，此類懸案基本上都是交由NERV JPN處理。為了能即時展開行動，NERV JPN的權限在國內不斷擴大，卻在當下造成了反效果。

「為什麼日本無法理解這件事的緊急性？」美國海軍的空中武器載台射手儘管將射線從AKASIMA上移開，但手依舊放在控制台上，隨時準備鎖定目標。

「那個遠東國家以為只要有福音戰士，就能解決一切問題。」

「雖然在歐洲遭到殲滅了，然而德國的量子波動鏡車輛可是發出超級EVA的模擬心跳聲，到處吸引阿爾瑪洛斯以爭取時間啊！」

深入島內的各國士兵與科學家，出乎意料地看到了夢幻般的世界。放眼望去盡是生氣蓬勃的鮮綠色大型植物群落。有已知的品種，也有已在太古滅絕的品種。

「根據情報，這裡應該是從月球剝離飛來的岩石世界吧。」

他們明明視這裡為邪惡之地而前來破壞，脫口而出的卻盡是「──太美了」這種讚嘆之詞。

「根本是樂園啊……」心情違反理智地平靜下來。

自宇宙墜落的岩盤大地為何會呈現這種景象？又是在何時形成的？

在眾多士兵的努力下，用以觀測記錄的塔架陸陸續續搭建起來。當他們離開後，這些塔架將會以奈秒為單位，記錄N^2彈失控崩解破壞這個夢幻世界的過程。

所有人都用手中機器與終端設備的鏡頭，記錄這個夢幻世界被人類摧毀前的短暫時光。縱使是惡神，也要將神的奇蹟留在記憶當中。或許總有一天，人們會解開這個謎團，加以運用──沒錯，能活下來的話。

繞過長滿年輕樹木的大型岩壁之際，先頭部隊在遠處山谷發現了那個東西。

「那不是情報裡提到的立方體嗎？」

「中獎了……！」

他們所仰望的，是宛如玻璃工藝品般閃亮的灰色巨大立方體聚合物「方舟」。

那是以前阿爾瑪洛斯從北非阿特拉斯山脈移走，下落不明的全地球生命情報。為了迅速重啟人類補完計畫的方形保存數據，在深谷中緩慢旋轉著。

■真嗣

自己究竟是怎麼了呢？——真嗣並非現實的人類。

這不是現在才開始的事，打從他在超級ＥＶＡ中被重新構成時就是如此。

ＥＶＡ內部產生了「心臟」。相對地，他則是與沒有心臟的ＥＶＡ成為完全相同的存在。

而現在，據說他終於變成了夢，是ＥＶＡ所作的夢，也是教室裡的真嗣意識的投影。

——哎，真嗣確實有著這種感覺。

他對時間與地點的認知不具連續性，總覺得斷斷續續的。

感覺起來——就像是把點與點連起來般地活著……嗯。

回過神來，他已經在教室裡了。

「即使如此，一般也不會把插入拴搬進教室裡吧？」

『好，真嗣，坐上去吧。』明日香自信地說道。

『我才不要。為什麼啦？』他則是緊抿著嘴反問。「噗哧……！」回想起當時情景，真嗣忍不住笑了。

前往黃泉比良坂新島途中，ＥＶＡ最終號機肩上增設的懸掛架移動了位置，從背後空間伸出的光翼以猛烈力道推動著它。

視野的遠近感就像是被壓扁似的，是種奇妙的感覺。

前方本來能看到如今被撕裂成島嶼的伊豆半島，橫擋在眼前的巨大面積卻突然消失，當他察覺到時，早已飛越過去了。

「——好輕。」

本來超級ＥＶＡ是總重量高達四千噸的重裝甲，但仍靠著高輸出功率讓軀體不顯得沉重，不過這架ＥＶＡ最終號機減少了物理性拘束裝甲（也沒有餘裕裝上）而輕量化。話是這麼說，然而巨大物體無論怎麼減輕，照理說都不可能快速移動。擺動運動的週期並非以質量，而是由長度決定的，人型則是質量與長度的綜合體。老實說，能發揮這種機動性根本超乎現實。

——倒不如說此情此景更像在夢中……

滿溢得幾欲決堤的狂暴能量，超越了牛頓力學的規律。

最惡劣的力量充斥全身。透過壓縮時間而顯現的第三次衝擊峰值能量，正試圖撬開讓高次元能量奔流湧來的「心臟」。

那粗暴的敲擊化為規律的心跳聲，從「心臟」傳遍ＥＶＡ最終號機的各個角落。

——怦咚……！

目前它正仰賴胸腔中人工製造的波動鏡像「回聲」，設法抵消這股試圖吞噬一切的力量。

「很順利——到目前為止。」這便是眼下真嗣的現實。

「冬二，你在哪裡？」

他呼叫著冬二與明日香搭乘的N^2側衛戰機（Platypus 2雙座型）。

『真——嗣……你——太快了……啦……』通訊信號的電波看來能正常交流，冬二的聲音卻奇妙地拉長扭曲。真嗣這才意識到自己在不知不覺間陷入了高速思考。

——還太早了……冷靜下來。為了等待剛從箱根上空開始加速的Platypus 2雙座型，EVA最終號機稍微降低了飛行速度。

■NERV JPN

「還真是亂來啊。」被基爾議長留下的遺物覆蓋自我而化為SEELE的加持良治，笑著眺望EVA最終號機飛向東方的天空。

「那麼，能喝杯茶嗎？」

然而說話方式怎樣都是加持的風格。即使明白這點，依舊讓人不知所措。

「行啊，請去自助餐廳吧。不過這個時間只有自動販賣機吧。」

美里指示警備部工作人員帶路。

「我知道怎麼走喔？」她無視微笑說著的加持。

「卡特爾呢？妳要吃點什麼……」

美里抬頭望向EVA變異體。每當站在其胸前的綾波零No.卡特爾伸出、彎曲自己的右臂，在這種狀態下依舊維持同步的ＥＶＡ變異體就會動著剛接上的新右臂，讓周圍響起ＥＶＡ肌纖維特有的金屬干擾音。

——她穿著真嗣的戰鬥服，這樣是不是有點煽情啊？暗自浮現這種想法的美里心想：「我該不會也上了年紀吧？」

零No.卡特爾回了句：「不需要。」

——看來這個SEELE要是出了什麼事，她就會開始搞破壞吧……根據真嗣與特洛瓦的說法，卡特爾跟SEELE加持之間似乎不再是以前那種受到ＱＲ紋章控制的隸屬關係。儘管可能有所誤解，但極端而言，兩人或許漸漸成為基於好奇心而想看到結局的夥伴了吧……

「讓年輕女孩侍候你好玩嗎？」

「我可是被耍著團團轉喔。就連這次會面也是那個人偶勸我來的。」

「喔……」

「哎，反正未滿三十二歲的女人對我沒吸引力嘛。」

——這句話每年都會增加一歲，是在挖苦我嗎？葛城美里總司令三十二歲，跟在由警備部人員護送的加持身後，沿著主甲板前往一般設施入口。她回頭望向超級ＥＶＡ——更正，是ＥＶＡ最終號機所飛往的那片天空。

她以耳麥向摩耶表示：「居然展開光翼，還真是嚇了我一跳呢。」

『雖然真嗣也要求裝上以前的Vertex之翼，但他和EVA只是時間接近無限停止，實際上依舊是無法控制的光之巨人，早已擁有自己的翅膀。四片肩部懸掛架並非飛行組件，反而與圍住「心臟」的胸腔拘束裝甲一樣，是量子波動鏡。』

「亦即必須包住好幾層，才能阻止『心臟』爆裂嗎？」

『沒錯。為避免超常的力量瞬間釋放，我們製作了肉眼可見的「沙漏瓶頸」——』

「就是它背後的小型黑色空間『時間制動器』吧。」

『真嗣——EVA最終號機——能藉由它自由運用第三次衝擊的峰值能量，那股過於龐大的力量足以產生一個局部宇宙。如果小心翼翼地使用，可以持續好幾年，但要是全力釋放就只有0．82秒——該如何運用完全取決於真嗣。』

一旦渴求力量，便必須消耗存在的剩餘時間。這對即使成為EVA的夢，卻依舊回歸的真嗣而言——

「還真是殘酷呢……他知道嗎？」『我已經告訴他嘍。』

摩耶原以為只要告訴真嗣這件事，他就不會勉強自己出動了。

『每當懸掛架組件改變排列，控制領域的形狀便會跟著改變，削減操縱者的壽命——我說嘍，結果只是讓他的決心更加堅定罷了。』

■生命氾濫

收到發現方舟的報告後沒多久，各國軍隊的配合就突然陷入混亂。

散開的士兵們接連化為鹽柱。N^2能量系統的領域似乎能成為防止鹽柱化的保護傘，於是各國軍隊一如侵略當時，讓部隊聚集在搭載了N^2反應爐的機體下方進行撤退。啟動破壞用的N^2炸彈彈頭防止鹽柱化的數個部隊，卻因為無法後退而遭到孤立——這些情報零碎地傳來。收到他們遭受某種群體襲擊的緊急通訊之際，對方已幾乎陷入恐慌。

「就是那個嗎……？」AKASIMA指揮席上的遠藤探出身體。

戰自機動兵器AKASIMA頭頂高約為ＥＶＡ的２／３，人工肌肉發出的「咻咻」雜音與空轉的冷卻渦輪聲重疊，在不穩定的大地上抬高姿勢，觀看遠處的情況。這是因為空中的監視員——觀察機Platypus伯勞一號回報：『有大量動體正翻越對側山丘的稜線，朝這裡逐漸接近。』

「難道是撤退的士兵……嗎？」以方向研判是有可能的。

『不是人類。』伯勞一號表示：『在各國的偵察報告中，除了鳥以外，還有關於鹿、馬等現存生物的目擊報告……』

「然而那個──不是這類東西呢。」

透過最大望遠距離，他們看到形形色色的動物從平緩的山丘稜線上湧出。牠們看起來全都像是地球某處會有的生物──同時卻也像是完全異質的存在。

──這種不舒服的感覺是什麼？

■偷渡客

距離黃泉比良坂新島十公里處的洶湧海面上，AKASIMA的支援艦伊409特型改為了換氣而浮出水面。即使經過改裝，它原本仍是舊型潛艦。

此時卻發生了一場小騷動。他們在附近的小笠原群島父島補給的物資當中，有個偷渡客。

「快過來！」

小不點真理停在通往潛艦艙口的梯子上緊緊抓著，但這是為了提供落足處給黃金獵犬安土，只見這條躍起的大型犬踏著她跳到更高的地方。見安土穿過頭頂的升降艙口，她也跟著立刻跳到艦外。

他們與監視海面的值班人員擦身而過。

「抱歉，擅自搭了便車。索賠請找US NERV吧。」少女面不改色地說出這句話。毫無遲疑地，一人一犬縱身躍入大海。

伊４０９特型並未立刻進行救援行動——因為辦不到。

接近的Unknown讓警報響起，迫使他們不得不展開戰鬥部署。

像是與前往黃泉比良坂新島的真理和安士交換般，聲納捕捉到幾艘大型潛艦從島上離開的推進聲。

會是小笠原行動指揮所推測的美中澳大型運輸潛艦嗎？

以增設的ＶＬＳ（垂直發射系統）朝不明艦隻的艦首發射噪音干擾器先制攻擊後，他們立刻下達了停船浮上命令。

而隨著聲音信號回應：「不要開火！」三艘讓伊４０９特型改顯得很小的超大型登陸潛艦接連浮上。儘管浮上卻未停船，對方無視警告，陸續駛過。

呼籲對方停船之際，伊４０９特型改的副長察覺對方艦內有種不尋常的緊張，聽音員則是覺得船體震動不太對勁。

「船體很輕——貨艙裡沒有士兵……那些上岸的士兵怎麼了？」

看來對方拋下登陸部隊逃走了。

受到奇怪群體襲擊的他們，只想盡早逃離那裡。

島嶼北方天空爆發巨大的衝擊波。

ＥＶＡ最終號機從箱根一口氣直線燃燒飛越一千兩百公里的天空，彷彿不帶質量地由這種高速瞬間靜止，在黃泉比良坂新島上空以張開雙臂的姿勢停住。巨大的光之羽翼瞬間粉碎，燃燒的光之碎片如羽毛般散落。

倘若接近「方舟」的登陸部隊攝影機運氣很好地仍在運作，或許能拍攝到士兵們被自方舟中溢出的生命情報汙染，化為鹽柱的過程，以及載體由外洩的情報中再生的場景。只見島內的地面各處，紛紛站起了呈迎擊態勢的天使載體。

■集團

想必是不知該如何應對吧？面對自山丘對側湧來的黑色生物群，AKASIMA佇立原地不動。

不自然的是牠們的動作。儘管當中絕大多數是四腳獸，動作卻缺乏各類生物特有的穩定感。

如同海嘯般襲捲而來的牠們，全都看似快要跌倒——為什麼牠們的動作會有點像人類？

「主動式敵我識別系統有回應！」

「你說什麼？」

亦即在逐漸逼近的動物集團裡，有人持有新地島作戰時聯合國立即反應部隊的識別牌——難道他們正被這群動物追趕嗎？

「手臂模式——救援！透過識別牌進行識別，捕捉目標。」

ＡＩ自動啟動的手臂以與巨大手臂毫不相稱的靈巧動作，從動物群中撈起一個小小個體，倒在手掌上。然而——

「救援對象的自動識別出錯了！這不是人類……再試一次！」

遠藤指示重試的話語沒能說完。

原本錯誤地被撈到手掌上的動物，突然粉碎成一團白色粉末，從像是作戰服的破碎迷彩布中崩塌流出。

「！」這一幕顯示在顯示器上，AKASIMA駕駛艙內的四人全都僵住了。

——難道說……！

而讓他們嚇得回過神來的——

咚咚！咚咚！

則是敲打裝甲的聲響。「保持姿勢，面向前方後退！」

「得退回第三旗幟的山谷對面才行！用升力噴射引擎阻止牠們靠近吧。」

「然而這樣一來——」駕駛員猶豫了。

可能會導致本來「也許是人類」的動物受傷或死亡……

「已經救不回來了吧！」

即使用力敲打，不夠強大的力道仍無法將聲音傳入厚重的複合裝甲內側。

然而聽得見。

數百個奇怪生物正拚命敲打AKASIMA的腳，試圖爬上機體。

牠們拚命地——想傳達某件事，卻連這麼做也會突然變成一團白沙，崩塌而下。

色譜儀顯示手掌上的白色粉末，幾乎全是純淨的氯化鈉。

■明日香

「機頭燒焦嘍……！」

雙座型Platypus 2的飛行速度別說音壁，甚至突破了熱壁。對真嗣的EVA最終號機來說卻顯得相當緩慢。

N^2反應爐不只產生浮筒的重力子，還會發出斥力作為防禦力場。然而由於機體不時會超過這個看不見的圓錐形力場，導致機頭的尖端燒焦了。

「客人~抵達目的地了！」

冬二將推力控制桿推回標準位置，同時叫醒在隔壁座位上好眠的明日香。

「喔……那就隨便找間便利商店，讓我下車吧——」

板著面孔的明日香不情不願地別開臉，再度將下巴埋進夾克領子裡，卻突然睜大雙眼。

「——不好的預感！」

「妳突然幹嘛啊……」

「往那裡飛低一點！但也不能飛太低唷。」

「還真是籠統又瑣碎的指示耶……呃，那是動物？是什麼群體啊？」

自森林中湧出的動物是混合了各種種類的群體。牠們紛紛順從本能追趕著食物鏈的下一層，進行捕食。

「這裡本來有動物嗎？」

儘管放大了顯示器上的照相槍畫面，然而明日香緊貼在側面座艙罩上，冬二只得將機體朝她的方向傾斜，並在這時注意到她的肩膀正微微顫抖。

「那個——那個是……我！」

「惣流？」

「那是我……全都是……全都是我……！」

「喂，振作點！」

明日香以指甲抓著聚碳酸酯的窗戶，宛如在宣洩可怕的記憶。

「『方舟』……在這裡嗎？」

過去進行月面武裝偵察之際，她曾在月面上接觸到另一個相同的「方舟」。受到生命情報的濁流侵襲，自我與生命形態紛紛從內部粉碎，讓明日香差點失去了一切定義自己的情報。

方舟生命情報的一部分——數千萬生命的形態與意識湧入，使她化為混濁的泥團，差點結束生命，是EVA貳號機保護了明日香的生命情報。

卻導致她以自我受限的明日香EVA整合體融合形態存在——能恢復成人類姿態純粹是偶然。

情緒瞬間高漲，腦內荷爾蒙分泌過量，讓她想要嘔吐。

她把頭戴式顯示器扔向後頭，看似要一把扯斷地使勁拉開夾克的胸前拉鍊，急促喘息著。

「嗚～～……我可以吐嗎？」

「拜託饒了我吧～惣流！十點鐘方向有天使載體！」

他看到數架載體拍著白色翅膀，飛越了山稜線。

「真嗣開始交戰了。關鍵的阿爾瑪洛斯……──還沒來！」

「只要大鬧一場就會出現了吧！」

──真是失策。他們光顧著要跟阿爾瑪洛斯開戰，看來這樣很快就需要補給了。

「惣流，快用那邊的控制台開始幫陽電子砲充能！」

冬二腦中打起在最近的小笠原群島上，強行設置前進基地的如意算盤了。

■新島開戰

備前長船的刀尖刺向迎面飛來的載體，伴隨著猛烈火花挖開領域並貫穿載體頭部。見其腹部的繭刺出阿米沙爾的雙股螺旋，真嗣毫不猶豫地讓刀留在載體頭部上，以放開的雙手抓住雙股螺旋，一把撕裂開來。

ＥＶＡ最終號機就這樣飛越載體，將撕成兩列的螺旋分岔掛在備前的刀刃上，使出渾身解數拉扯那把刺在載體頭部上的刀，剩下的螺旋被刀刃解開，劇烈旋轉。發出慘遭撕裂般的哀號後，幼體使徒當場死去。

儘管載體本身還沒死，卻也被自腹部伸出的螺旋拉得往後倒去。就在這時，磁軌砲（Powerd 8）的輕量版——Powerd 8 CL擊碎了其雙肩上的QR紋章，結束載體的性命。

Platypus上的兩人看著這一幕。

「太強了吧……喂。」

「——為什麼其他載體沒有同時過來……？」

因為阿米沙爾載體是爭取時間的誘餌。

當EVA最終號機從急速風化的載體屍體中拔出備前長船時，其他四架載體已經拉開距離，像是要包圍EVA最終號機般，將杖子插入地面。

「糟了！是在新地島上看過的那個……叫什麼巴別塔的金字塔型封閉空間嗎！」

明日香的背部被猛烈地壓在座椅上。冬二駕駛機體，衝向正在形成金字塔空間底邊的四根杖狀武器當中最近的一根。

「惣流，一定要打中喔！」

「咦？」

明日香連忙撿起頭戴式顯示器，將十字準星對準遠處一根細長的杖子。

她扣動扳機，射出的陽電子卻沒有打中杖子，只炸飛了放開杖子的載體右臂。

「遜爆了！妳就是平時太依賴思考輔助瞄準，技術才會這麼差啦！」

「你、你很煩耶！」

Platypus的速度太快，來不及再度射擊就飛越了目標——糟糕！

就在這瞬間，質量武器擊中目標的巨大塵煙揚起，有什麼代替他們擊碎了杖子。

「那是戰自的……叫什麼來著？」

「AKASIMA啦。」

金字塔空間以底邊少了一角的三角形完成，困住了察覺情況不對，正準備逃跑的EVA最終號機。已經無法再從外部射擊其他杖子了。

好幾架載體穿過那層薄膜，進入金字塔內部。在那個空間裡，它們的能力將會大幅增強。

AKASIMA以最高行走速度向後遠離金字塔。

『AKASIMA呼叫NERV機，快立刻拉開距離！在巴別塔周圍，從對話到機器信號，以及能量傳輸，一切訊號都會受到影響。』

「謝啦，遠藤先生。NERV在實驗性地製造一根杖子的金字塔之際，也曾產生外部的傳播阻礙效果。我想能根據當時的數據模擬三根時的狀況。」

『是代理副司令小弟嗎？為什麼司令部的人會在這裡……AKASIMA呼叫NERV機，有一架載體沒進入金字塔內部，是你們炸掉手臂的那架，請保持警戒。』

——真嗣，這邊設法處理掉一根了，剩下的你就努力撐過去吧。

巴別塔一旦形成，最終號機就算傾盡全力也無法由內部破壞構成金字塔形狀的彩虹色薄膜。

天使載體成功闖入塔內，全身上下宛如破裂似的逐漸膨脹，眼看體格不斷變大。

「哇！」巨大化的一架載體壓了過來。

儘管來得突然，也沒有做出攻擊動作，真嗣依舊果斷地拔出對於近戰來說過長的備前長船劍柄，在狹小的距離內朝向對手。

載體以自行撲向刀尖的姿勢，不閃不避地將ＥＶＡ最終號機壓倒在地。

「什麼啊？這傢伙！」

備前深深刺穿的腹部繭中突然噴出液體。

「啊！」一接觸到液體，灼燒般的劇痛便立刻傳來。

液體滑落最終號機上，燒灼著裝甲表面，接著迅速地融化背後的地面。

「溶解液……！」——繭中的是馬特里爾嗎？

但這種程度的傷害還撐得住！

察覺危機的真嗣試圖改變最終號機的姿勢，比天使載體本身更為巨大的四根腳卻由腹部的繭中接連伸出，像要夾住最終號機似的從空中壓來，難道是想把它砸向地面嗎？

已經非常接近地面了。

真嗣做好背部被撞擊的心理準備，然而這時發生了意想不到的事。

被溶解液融化的地面下方有個空洞，最終號機於是跟著載體一起滑落了黑暗之中。

■前往地底

「什麼？」

最終號機穿過融化的地面，在阻力消失後再度朝著漆黑空間自由落體。

地下有個空洞？

「該死！」

他反射性地想伸出光翼。然而除了垂直方向外，這個空間相當狹窄。

光翼撞到背後的牆壁，使最終號機遭到反作用力瞬間推開，猛烈撞上空洞內部的岩壁——力量太過強大，無法精密控制……！

真嗣大吃一驚，伸展而出的光翼就這樣消散了。儘管逃過載體的腳，四處碰撞的機體卻旋轉起來，讓他陷入幾乎無法分辨上下方向的空間定向障礙。但倒是能認出天頂方向。

只見馬特里爾載體像是要覆蓋最終號機，從背後逼近而來。

最終號機踢開它刺出的長腳，機體再度旋轉。

向下墜落持續著。儘管真嗣想再度展開光翼，但這只會讓自己再度撞在岩壁上。

——垂直的地下空洞……這是裂縫嗎？

看來他們墜落到黃泉比良坂內部，一條往垂直方向延伸的巨大裂縫裡了。

雖然空間狹窄，卻並非最終號機伸展雙臂就能碰觸到的距離。真嗣將絕對領域向外擴大到前後的牆壁上，抵消墜落速度。

這陣減速讓載體追了上來。

四根長腳從它腹部的繭中伸出，宛如長矛般刺來。

這擊貫穿了最終號機專心抵住周圍岩壁的球形領域。最終號機一個轉身，以備前擋下攻擊。

想必是巴別塔的效果吧，馬特里爾的四根長腳非常尖銳堅硬，呈現四對一的劍鬥劇場面。

讓對手加上體重的突刺自傾斜的刀身上滑開後，最終號機兜了個圈。

拖曳著長長的火花，真嗣與對方交換了墜落的上下位置。

交換位置之際，他將備前插入天使載體朝自己抓來的手臂下方，並宛如要將對方扛起般地抽出。抓住備前的載體手臂就這樣連同肩膀的ＱＲ紋章，一起自本體上被砍下。

眼看氣壓與溫度不斷上升。

真嗣在墜落的方向——馬特里爾載體背後的裂縫內看到一片紅光。

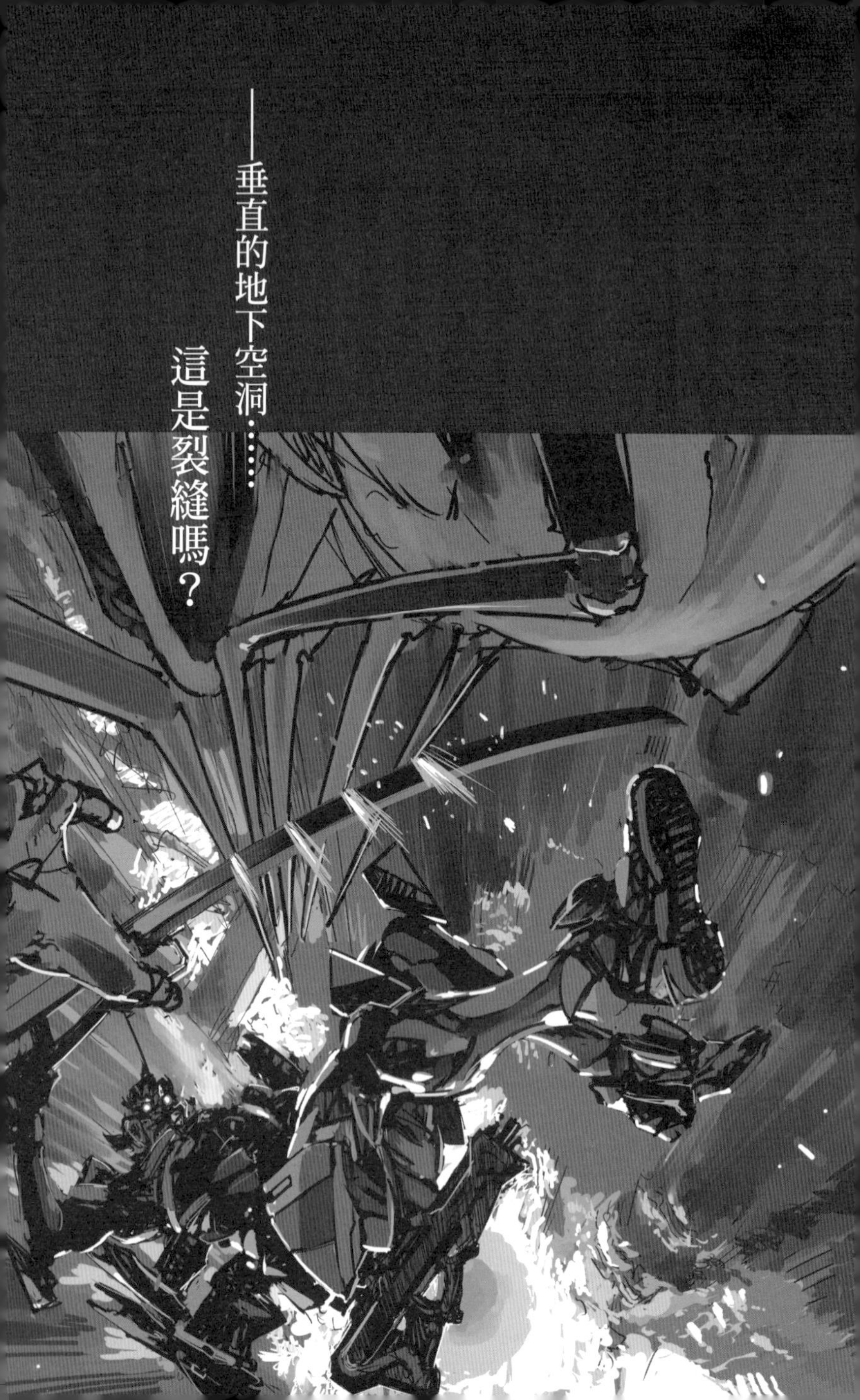
——垂直的地下空洞……
這是裂縫嗎？

這塊最大直徑超過兩百km的岩盤大地從月球飛來，即使墜落速度被化為光之巨人的真嗣抵消，前端依舊在與地球碰撞時出現了幾道裂縫。他們現在是掉進去裡面了嗎？

那麼散發紅光的就是岩漿了吧。

不知是被碰撞能量給融化，還是從撞破的薄薄海底地殼下方湧出的？

總算望見了漫長墜落的終點。

熔岩上升至裂縫底部，形成了岩漿池。此處空間開闊，一塊圓形岩石從岩漿池中露出，似乎正好能當作踏腳處。

最終號機以左手抓住馬特里爾的一根腳，將備前收到側腹，從其他腳之間穿過，再度跳到載體正面。

馬特里爾的三根腳迅速刺來，看似要夾住最終號機。不過在刺中之前，載體背部便猛地撞上岩漿池中的圓形「小島」。緊隨在後墜落的最終號機立刻用雙膝攻擊載體腹部的繭，將馬特里爾的幼體狠狠壓碎。

已經失去一隻手的載體仍在掙扎，但備前的一記橫掃擊碎了剩下的QR紋章。

雖然擊敗了一架，卻又有其他的載體掉落下來，在熔岩上激起巨大水花。

而這架的身分可以預料——又是桑德楓載體啊。

真嗣一面警戒，一面喊道：「冬二，你那邊怎樣？」

儘管發出呼叫，但他隨即想到——對了，除了巴別塔效應，地底也無法收到電波。

只要來到這座島上，很快就能遇到阿爾瑪洛斯……我本來是這麼想的。

要是沒遇到，就得用我的「心跳聲」把它引誘出來。結果我在這種地底深處做什麼啊——必須回到地上才行。

回去之後，假設能成功引出黑色巨人……

「我能和洞木同學戰鬥嗎？」當然，這是萬不得已的手段。但還有其他辦法嗎？

「咚咚！」有人敲著插入栓的艙口。

現實中的ＥＶＡ最終號機，現在正位於黃泉比良坂的地底深處。

照理說不可能有人敲打艙口。

「中央艙門，開啟。」

真嗣保持著對周遭的警戒，一邊喃喃自語。頭頂上虛擬顯示器的一隅消失，露出的天花板有部分呈長方形凹陷，伴隨著伺服馬達的噪音向外抬升，緩緩地朝後方滑動。

能從那裡望見毫無裝飾的防火隔板天花板，以及上頭的直管日光燈。

居然是鬧哄哄的教室——原來會變成這樣啊……

如今真嗣只能在ＥＶＡ所作的夢中活動存在，這裡是他與現實世界的唯一接點。

「碇同學，你現在在哪裡？」

儘管能看到聲音的主人——零No.特洛瓦受到ＱＲ紋章汙染而染黑一半的髮尾，但真嗣就連看著她說話的餘裕都沒有。

「我在黃泉比良坂新島的地底下喔——在地底看著熔岩，一面跟載體戰鬥……！」

最終號機以右手從背後的武裝固定器取下磁軌砲Powerd ∞，並將換到左手上的長刀備前扣在空出的固定器上，顯示器上出現了「在此環境下無法保證正常運作」的警告。不過當他讓Powerd ∞也覆蓋領域，「咚！」地試射了一發後，看來是能夠運作的。

他壓低機身，觀察對流的熔岩表面。

在綾波零系列中活動時間最長，卻缺乏表情的特洛瓦，為避免引起其他學生注意，背對著真嗣緩緩說道。

「葛城總司令把SEELE化的加持良治叫來了。」

真嗣稍作回想。

「……我在離開箱根時好像有看到——ＥＶＡ變異體。原來是這樣啊。」

０．０ＥＶＡ變異體是綾波的反叛個體，零No.卡特爾的座機。她也有來吧。

「他們似乎要拿情報之類的條件……交換NERV JPN持有的朗基努斯複製品。」

「妳說什麼……？」

「……這樣好嗎？」特洛瓦的話語中，罕見地帶有不滿及抵抗的意思。

「……」真嗣當然也不太高興。

緩慢對流的熔岩表面，突然隆起了一部分。

「咚咚咚！」射入熔岩裡的Powerd 8激起橙色飛沫。

不過——沒有打中的感覺。

為了取回朗基努斯之槍複製品，他們付出大量的運氣與勞力。

那把槍在貳號機的明日香與載體交戰的過程中被奪走，由真嗣和零No.特洛瓦於補完計畫的實驗地點「蘋果核」尋獲，甚至借助了零No.卡特爾的力量才取回。

「對我們而言……朗基努斯複製品儘管危險，卻仍是一張王牌——況且碇同學也是為了不將那把槍交給SEELE，才會讓它逃到這裡來的。」

「雖然我想美里小姐他們——不至於根據交涉內容立刻把槍交出去，但終究還是會把槍交給SEELE吧……要是能在使用上做限制……」

儘管如此，現在也沒辦法回去把槍拿走就是了。

之所以這麼容易就拿到出動許可，難道是我們在場的話，會讓事情變得麻煩嗎——

「可惡，早知道就算大鬧一場，也要把槍帶出來了……！」

「——是啊……」特洛瓦表示同意。

上課鐘聲傳來，椅子「咯嗒咯嗒」地響起。

「謝謝你，碇同學。我得走了……」

「特洛瓦？」警戒著周圍的真嗣再度瞥向頭頂，只見中央艙門已經關閉，彷彿從未打開過，虛擬顯示器也延伸至他的頭上。

——難道她打算採取什麼行動？

身為NERV JPN持有的最強武器，真嗣當然考慮過要把朗基努斯複製品帶出來。

之所以放棄這麼做，除了這會一口氣提高美里他們批准武裝偵察的門檻外，還有其他理由。

「在與阿爾瑪洛斯的對決當中，我們沒有任何決定性策略……才想在箱根留下寶貴戰力。」

或許他已在心中某處，考慮到當自己等人敗北時的情況。

畢竟對手是小光。

『況且說真的，在這座什麼事都有可能發生的島上，也不知道朗基努斯會有什麼反應。』

『最糟糕的情況是連朗基努斯複製品也被奪走。』

「咦——是誰……？」真嗣慌忙環顧插入拴內部。

他總覺得聽到的不是別人……正是自己的聲音。「——剛剛那是什麼？」

方才聽到的話，說起來確實也是自己思考著的事情。

此處是載體們以杖子創造出的空間——巴別塔內部，外側的語言與能量都會變得無法順利傳達，內部則是相反，會出現過度傳播與能量增幅的現象。

——方才也是這種情況嗎？

他試著回想起在新地島的體驗。儘管當時載體因此變得更加強大，但己方似乎只能直接傳達對話……

——一個人的話根本毫無意義吧……只有對方變強，總覺得好狡猾……

『或許是這邊的絕對領域阻擋了效果……』

『那個載體大概是跟火山環境很契合的桑德楓，所以會很難對付。』

他又聽到了。宛如遊戲的分歧點，要選擇台詞一般。

「！」真嗣冷不防地感到腳下一滑。

被最終號機踩在腳下的馬特里爾載體屍體滑開了。

載體倒在從熔岩中露出的圓形岩石上，使徒馬特里爾足有身長兩倍的腳朝四方伸出。然而岩石表面似乎比預期的還要光滑——不對，那真的是岩石嗎？

「嗚哇！」總之，馬特里爾載體的屍體與踩在上頭的ＥＶＡ最終號機，就這樣由那個平滑的表面，滑落火紅燃燒的熔岩裡。

「——滋……！」目前沿體表產生的絕對領域，理應能保護最終號機，真嗣卻依舊感受得到強烈的熱量，以及來自四面八方的沉重壓迫感！

ＥＶＡ最終號機掙扎地抓向掉落的岩石。

豈止光滑，那根本滑溜溜。

實在抓不住。由於周圍的岩漿在發光，只能相對看出是黑色圓形的岩石，似乎是個漆黑的球面。根據曲率與反射率，副ＡＩ在資料庫找到了匹配項目。

還附加了「指定封印對象」的圖示。

它將沉沒在岩漿池中的整體形狀預測圖，以巨大橢圓形分層顯示於顯示器視野裡。

「時間停滯球——機率七十九％」。

「什麼……！」——怦咚！

最終號機的心跳聲宛如要蹦出來似的不斷加快。

——為什麼會在這種地方……！

「咚！」背後的熔岩隆起，桑德楓載體一直在等他滑落。

真嗣想立刻舉起Powerd ８。而做出這個動作的最終號機——

真嗣急忙避開。

真嗣連忙將武器切換成刀。看來這次重疊的並非話語。

宛如影像重疊般，同時接收到三個動作指示的最終號機為了做出符合指示的行動——沉重地僵在原地。不僅語言，就連行動都產生分歧而互相衝突了。

「這不只是思考與語言化之間的界線模糊了……可能性也正在重疊？」

咦？為什麼我會突然這麼想？

只是因為受到巴別塔影響嗎？但在這座成為通往新世界之橋的島上，莉莉斯就在時間停滯球（黑色巨蛋）中心——

莫非那個能毫無限制地創造生命、失序的可能性化身，正打算自蛋中孵化而出？

僵在原地的機體直接遭受載體猛烈撞擊。

「啊……！」最終號機的背部猛烈地撞上時間停滯球。

真嗣的內心波濤洶湧。

——為什麼會在這種地方……！

『因為這裡是通往月球的電梯嗎……！』

分歧的「可能性」如此低語。

「……！」他自己也預料到了。為了在新世界孕育生命，這顆從舊Geofront消失的漆黑巨蛋準備前往月球。

它之所以會出現在這裡，是因為正在移動途中。這顆漆黑巨蛋將會前往月球，就要離開了。

最終號機沉入岩漿的高度已達腰部。它朝前舉起Powerd 8，左手則在背後摸索時間停滯球。

「爸爸……！——律子小姐！」背後的手以拳頭敲著停滯球。

在三年前本部戰的最終局面，莉莉斯產生了固有時間空間，將周圍設施與數十名所員捲入其中，包含當時的所長碇源堂與赤城律子博士。

『如果是和箱根的玻璃蛋一樣的殼，通訊與打擊都會直接穿透至對面。』

『倘若不連著律子小姐一起，我就連爸爸都喊不出來……』

真嗣不禁對「可能性」的聲音喊道：「吵、吵死了！」

即使經過三年，他依舊無法釐清與父親之間的微妙距離感。不對，他一直擱置這個問題，沒去釐清。

而這種態度也得到了諒解，因為停滯球內部的時間是靜止的。

沒人會責怪他，他也懷著「無可奈何」的想法原諒自己，對此感到釋懷。

停滯球內的人們早已被視為死亡。

真嗣原本也以為自己就此和父親訣別了。

既然如此，他為何會這麼動搖？

——因為停滯球內的時間在流動……！

『摩耶小姐說過……ＳＥＶＡ是在這裡頭改裝成最終號機的。』
『明明爸爸和律子小姐他們應該碰觸過我——我卻一點都不記得。』
——怎麼可能會有這種事！
將ＥＶＡ改裝成最終號機的途中，他的父親源堂在腿部外裝上刻下訊息。
『我在時光的彼岸觀測』。
彷彿被他給盯著。
「怦咚、怦咚！」心跳宛如警鐘般劇烈跳動。
時間停滯球沉默不語的堅固模樣，就跟父親一樣。

猛地沉入熔岩當中的最終號機腿部傳來劇烈疼痛——它被桑德楓載體咬住，拖進了岩漿裡。
視野翻轉。
此處的岩漿比重約是水的三倍。根據物體在相對沉重的液體中更容易浮起的原理，即使是裝備重量的ＥＶＡ也不會輕易沉沒。然而咬住最終號機腿部的桑德楓載體卻以驚人力道將它拖進熔岩裡，不斷下沉。
「這傢伙……！」
真嗣朝著腳邊連射磁軌砲Powerd 8，但濺起的沉重熔岩帶走了大部分動能，無法判斷是否擊中桑德楓。

「怦咚怦咚怦咚！」最終號機的心跳聲聽起來比Powerd 8的射擊聲更為響亮。

倘若最終號機有意，照理說憑藉其感覺器官，就連完全不同的波長都感受得到才對。然而不知是否難以集中注意力，真嗣無法在岩漿裡看出桑德楓載體的位置。

而就在這種可能會射中自己腳的情況下——他似乎仍射中了目標。腿上的束縛消失了。身處彷彿要將自身壓扁般沉重的灼熱流體，最終號機死命掙扎。

四肢像是溺水似的瘋狂拍打。不過雖然在無法目視的高溫環境中掙扎，他仍能認知到漂浮在頭頂的巨大蛋形黑影。這已成了一種強迫觀念。

突然間，岩漿池表面產生激烈對流，熔岩自下方到處湧竄，升起火焰。

漂浮在岩漿池上的時間停滯球動了。

蛋形的黑色曲面體逐漸從熔岩表面抬升。

「喔喔喔喔喔喔喔喔喔！」

朝正下方伸出光翼的最終號機，竟然在熔岩中抬起最大直徑遠比自己身體還要巨大的蛋形物體。它心跳加速，背上的黑色圓盤「時間制動器」也同時朝周圍漏出光芒，四座肩部懸掛架宛如被推開似的展開。

「喔喔喔喔啊啊啊啊！」

這是將所有力量集中在腹部中心的激昂吶喊。

待在黏稠燃燒的熔岩中，它一而再，再而三地失去平衡。

儘管被稱為停滯球，但其實是橢圓形的整個物體，終於從熔岩中被抬起來了。

然而到此為止。

巨蛋頂端重重地撞上了某樣存在，在正上方空無一物的這個空間裡。

感覺有種質量外的力量在阻止它移動。

「什……什麼？」在熔岩中無法動彈的最終號機，遭桑德楓以尾巴毆打。

一失去平衡，最終號機就再也扛不住表面阻力為零的時間停滯球。它像是要被黑色巨蛋的重量給壓垮，再度沉入熔岩當中。

最終號機抓著岩壁的巨大空洞，爬出熔岩。

「該死！」

它敲打岩壁，引發了大型崩塌。即使具備這種力量，它卻依舊無能為力。

「該死——！」

傳來後方出現威脅對象的警報。『八點鐘方向出現藍色波形。』

最終號機將手伸向掛載在大腿部掛架上的備前，一面回頭看到桑德楓的全貌——約是EVA頭頂高的八倍，相當於舊迦基爾使徒的巨大身軀。

在飛撲而來的桑德楓身旁，已不見理應懷抱著它的天使載體身影。

真嗣在熔岩中胡亂射擊Powerd 8，或許擊碎了QR紋章，卻來不及阻止桑德楓成長，載體就這樣在沉重且有著巨大阻力的岩漿中被粉碎了。

既然出現了本來被遮蔽的藍色波形，表示QR紋章已不復存在。

——呼吸變得好困難。

最終號機的迎擊行動被正要分歧的自己給阻礙，導致失敗。

「不過，既然是第二次……！」真嗣深吸了一口LCL。

當巨大使徒撲過來時，真嗣的選擇再度分歧……

這次卻未產生衝突。

因為朝三種方向的可能性跳開的三架最終號機，同時舉起了三把備前。

關閉光翼比展開還要困難。

以前當他駕駛著S EVA飛行之際，薰曾說過這樣會無法回到人類的容器。除了讓人難以返回地面的衝動外，光翼就像是火箭，明明是翅膀，卻有種不斷朝著某處噴射的感覺。

「哈！」真嗣以呼吸控制光翼，瞬間展開並收起。
最終號機憑著如閃光般霎時顯現的光翼後退，接著一躍而起。
桑德楓的左右手臂——那對刺出的感覺器官，遭到三道斬擊切斷。
——不知為何……儘管痛苦，卻能發揮強大力量……
巨大使徒朝著熔岩表面墜落。
失去手臂後便猶如比目魚般的身體，重重地撞上熔岩。
橙色的水花盛大地濺起。
儘管如此，桑德楓依舊企圖再度潛入岩漿當中。但三把刀就在這時飛來。
隨著刀刃刺進已知的核心位置，一切都結束了。

——身體好熱……！
之所以會感受到異常的熱度，似乎不僅是因為這個高溫高壓的環境。
當最終號機從相比使徒身體顯得較小，幾乎沒有成長的核心痕跡上拔出備前時……
「這是——怎麼回事……」
眼前出現的，果然是拔出備前的選擇分歧後的最終號機，只見它背後猛烈噴出輪廓為黑色的相位光。那道身影漸漸消失。

「不對——那是我嗎？……」

耳邊一直迴盪著某種聲音，宛如半夢半醒間遙遠的鬧鐘聲。

「轟——！」怒濤般的轟鳴響起。當真嗣的視點從ＥＶＡ視角回到插入拴內的自己身上時，警告視窗——不曾看過的視窗們充斥著整個顯示器。

儘管有去上學，關於最終號機的規格變更他卻沒有聽到多少講解。

即使如此，「糟糕——」真嗣立刻注意到了。

他正背負著世界最大的炸彈庫。

第三次衝擊峰值能量已經點燃導火線。

四片肩部懸掛架正處於最大展開位置。

透過反射的波動回聲，它們全力對「時間制動器」踩煞車。攝影機畫面裡，背上曾是黑色圓盤狀的「時間制動器」正燒得熾紅，散發熠熠光芒。

它們試圖阻止著能顛覆一切的力量。

亦即一度中斷的第三次衝擊再啟動。

「Ｓ……ＥＶＡ最終號機呼叫箱根ＣＰ！」儘管聯繫不上，他卻仍忍不住呼叫了。「啊！」

砰！

「……」敲打控制台後，真嗣回過神來。

他以沒有心臟的身體喘息不止——感到有點錯愕。

——比起朋友和地球的危機……沒想到我反而會因為爸爸的事情如此動搖……

他讀起警告視窗的內容。

真嗣的父親碇源堂，是個固執的人。每當有人說他們很像時，真嗣總會強烈地否定。然而即使否定，旁人依舊這們認為——

——哪裡像啊……倒不如說是完全相反吧？

和綾波交談時的父親身影——當時的綾波是……第二個……現在則是——

第三個，零No.特洛瓦的髮色閃過他的腦海。「啊……」

你得面對父親才行——美里小姐他們一定會這麼說吧。

儘管覺得這應該不是非做不可的事。

但必須再見上爸爸一面。

為了實現這件事，我不能讓一切就此結束。

第三次衝擊的峰值能量。

我不能只打開蓋子，得思索該如何運用。

——所以現在，我要……

「在力量——流經全身前，將其集中於外側——集中在手掌，以及右手上！」

當零No.特洛瓦決定再度前往宇宙，獨自擔任狙擊手之際——

那時是真嗣將她送到軌道上的。她的0・0EVA在重新啟動後，便將外裝S2機關的多餘能量，以光粒子的形式釋放至機體外。

——現在就將它釋放出去吧！為了理解這番話，真嗣特意朝自己喊道。

可能性再度分歧，從最終號機上走出兩架最終號機的身影。

『不對，右手有武器……用左手！』

『好驚人的力量——用雙手……！』

原來如此……在這個神話新篇的序章之地，具象化的未來分歧是……

「別猶豫啊，我這傢伙！」

他頭一次如此粗魯地自稱。

勇敢地往前衝的兩架最終號機回頭看來。

『……原來……是這麼回事嗎？』這個分歧的具象是……『的確——是猶豫啊……』

假設這是可能性，身影很快就會恢復成做出決定的那個人了吧。「……但是——」

『即使猶豫……也想看看可能性。』

『總之試試看——』

瀕臨失控的三架最終號機組成圓陣。

它們的右手重疊。聚集著部分第三次衝擊能量的光芒意外沉重，三架ＥＶＡ最終號機的右手都被這份重量拖走，即使靠近得讓彼此的肩部懸掛架相撞，齊力抵抗，它們依舊跪倒在地。

不過在這之後，所有分歧的可能性便竭盡全力地抬起這道光芒。

「喔喔喔喔啊啊啊啊啊啊啊啊啊啊！」

要在這裡退出舞台還太早，非去見阿爾瑪洛斯化的小光不可。大家必須一起回到箱根，自己也得親口和爸爸交談——所以還不行，別迷失自我！

「我是誰！」

『世界究竟有多寬廣！』

『自己究竟站在哪裡！』

三架最終號機的身影合而為一，一面以交疊的右手將光芒拋向天空。

——認清這些吧！

「喔喔！」在黃泉比良坂新島上空——

冬二目睹了巴別塔——彷彿泡沫薄膜般的金字塔破碎的瞬間。

光柱宛如光束般從其內部伸往天空，不斷地伸展、伸展……

「喔……喔喔喔喔？」

抓著光柱的巨大光之右臂穿出地面，像是要投擲長槍。

「哇啊！」「鈴原，你很吵耶！」「但是那個……！」

出現在眼前的，竟是背負著黃泉比良坂降落地球的光之巨人手臂。

在擲出長槍的瞬間，巨大手臂便閃爍消失了。而光槍彷彿被吸引而去，飛向位於島嶼上空的空間透鏡，卻居然沒有被光學分解。

薰的聲音在真嗣耳邊低語。

——那是展示意識所能抵達極限的自我認知之槍呢。

既非武器也非神話，那是你的哲學之槍，盧克萊修之槍——

由新世界胎盤形成的撞擊器，提出了公開資訊的請求——呵呵，世界將會如何回應呢——

在島嶼的天空頂端，無數結晶碎片閃耀著光輝，呈放射狀擴散。

原版朗基努斯在高度兩萬公里的軌道上延伸，一面環繞地球。而位於相同軌道，推測是某種物理場扭曲狀態的空間透鏡，則在光槍的撞擊下猶如玻璃般粉碎。

光槍在穿過透鏡之際變成金屬色，維持原本的速度掠過月球飛離。

失去拉力後，從黃泉比良坂新島沿岸開始朝宇宙上升的巨大海水柱盛大地崩塌了。先不論轉移路徑，能以肉眼確認的質量掠奪明顯不再運作。

接納猶豫而成為唯一的最終號機，以原本的模樣抓住了地面裂開的巨大洞口邊緣。

#4 小光的阿爾瑪洛斯

■罰

看來是被誰給觸怒了吧，一如在北非那時的狀況。

在高度兩萬公里上繞行的朗基努斯槍尖脫離軌道，直落而下。

過去曾是一把槍，如今則即將形成環狀，已伸長至十三萬五千公里的物體，宛如一條垂下的絲線，在黃泉比良坂新島上空維持氣勢洶洶的速度，轉了個九十度的彎刺來。

「朗基努斯之槍改變軌道！」

在箱根的NERV JPN自助餐廳裡，當美里聽到指揮所報告透鏡因為不明投擲攻擊而消滅後，隨即發生了這件事。

——有人破壞了透鏡。

這本該令人高興，卻也伴隨著恐懼。

朗基努斯為了警告對方而再度降落，打算連同地球一起貫穿他！

——是真嗣做到的嗎？乍聽消息的瞬間，美里反射性地這麼想。

他是怎麼做到的……！

眼下她正邀請當前敵人中的一位——亦即SEELE來此會談。

「照理說透鏡不會受到任何物理攻擊影響……即使靠近也只會被分解成粒子，在透鏡對側的焦點重新構成——到底是怎麼做到的……」加持抬起單邊眉頭，接著說道。

「說真的，這件事相當嚴重吧？比起待在這裡，不是該在指揮所聽取報告才對嗎？」

天罰降臨。

朗基努斯的槍尖再度朝著真嗣落下。

『真嗣小心，在上面！』

『槍要來了！』冬二與明日香從位於上空的Platypus 2雙座型，向總算爬出巨大垂直裂縫的最終號機上的真嗣發出警告。

還搞不太清楚事態的ＥＶＡ最終號機，抬頭望向天空。

「！」

只見一道細線在天空中閃耀，那是在高度兩萬公里處不斷延伸的朗基努斯之光。

他打了個冷顫。

基於過去的經驗，儘管那道光看起來彷彿停止，但它的尖端早已瞬間轉向這邊，以秒速九十公里的驚人速度俯衝而來。

「哇……啊……！」對以前曾在北非被飛向胸口的那道光貫穿身體，奪走超級EVA心臟的真嗣來說，這完全重現了那刻當前的景象。

他全身寒毛直豎——該怎麼辦？該怎麼辦！那是秒速九十公里，荒謬至極的存在，況且還能維持這種速度，讓尖端任意改變方向——根本不可能逃離啊。

被灌輸的恐怖讓巨大身軀忍不住後退。

——砰咚！

感覺整個世界沉重地搖晃了。

十秒、二十秒……沒有發生任何事情，宛如永恆般的時間流逝著。「——怎……怎麼回事……？」

最終號機從不自覺擋在身前的雙手指縫間看到的天空是——

這是段奇妙的沉默時刻。

『嘎——箱根CP呼叫最終號機。』真嗣凝視著天空某處，耳中傳來日向的聲音。

『朗基努斯在你的正上方，黃泉比良坂上空一萬公里處靜止了。再重複一次，槍現在相對於地球自轉是靜止的。』

「呼……」自從被阿爾瑪洛斯從月面上擲出以來，過去曾是雙叉槍的朗基努斯至今從未停下來過。這條神之鋼絲在軌道上將其中一名綾波——No.珊克碾碎，在北非奪走真嗣的心臟，並像是順便似的貫通地球，穿出南太平洋而炸飛群島，最後再度返回軌道上。

它可說是徹底無視人類希望的絕對法則，現在卻停下來了。

「呵呵……」真嗣勾起嘴角，漏出奇怪的笑聲。

「呵呵呵呵——啊哈哈哈！哈哈哈哈哈哈哈！」

『真嗣？』『怎麼了？』

他持續笑著。「哈哈哈哈！——咳咳咳！」結果笑得嗆咳不停，喉嚨發出「咻咻」聲響。感覺……感覺……他總覺得自己終於扳回了一城。

眼見對手壓倒性的力量，首次陷入無法施展的狀態。

「因為這座島很重要，即使祂想朝破壞透鏡的我降下長槍，也沒辦法這麼做。」

『方舟就在這裡唷。』明日香說道。

「我在地底深處看到了時間停滯球。莉莉斯應該還在裡頭吧。」

——還有爸爸他們……

儘管無論發生什麼事，都無法透過物理性方式傷害這兩者，不過匯聚它們的這座島嶼，毫無疑問是更新後的神話最前線。

真嗣等人宛如閒聊般發表觀測成果，卻讓指揮所一片譁然。

恢復通訊的最終號機與Platypus 2與箱根進行連結，交換起累積的情報。

看到地下垂直空間模型的日向，對青葉低聲說道。

「雖然難以置信，但這該不會是想像大砲一樣提高地下裂縫的內壓，將停滯球給發射出去吧？」

「亦即射向月球的『新世界』嗎？」

「對。而方舟還有另一個在月球上，所以我認為它不會離開那裡。月球與地球的交換劇大概會在莉莉斯的停滯球搬遷過去後落幕吧。倘若能阻止這件事——」

『真嗣，你做了什麼？』摩耶的聲音傳來。

我做了什麼？就是扔出去——把什麼給扔出去了？

「——是長槍……我扔出了一把長槍。」薰是怎麼說的？

「我掉到充滿岩漿而變得黏糊糊的地底，手中……握著長槍，所以那應該是熔岩形成的吧？

我朝天空扔出了那把長槍——渚同學的聲音說那是盧克萊……什麼的槍……」

『原來是那個啊！它不僅破壞巴別塔，連宇宙的空間透鏡也一起打爆了——』

冬二興奮地介入通訊說道。然而摩耶隨即告知真嗣所付出的代價。

『根據遙測資料，你的實際時間一口氣縮短了多達0．13秒！』

『等等……！笨蛋真嗣！』

『給我聽好！』摩耶喊道。

『你一次消耗了自己的壽命——第三次衝擊的能量——約16%啊。』

真嗣沒有回應——摩耶小姐追加的警告視窗上，已將這一切全都顯示出來了。

『地表出現動態反應——為數眾多！』聽到明日香發出緊急告知，氣氛恢復緊張。

「是那些像黑色生物會動的傢伙嗎？」

『不，是硬質且全部相同的物體，資料庫裡有符合的資料——是大量QR紋章！』

『真嗣，在你的北側……不對，南側也有！』

通訊顯示器上亮起了戰自機動兵器AKASIMA的協定圖示。

『NERV機，南側斜坡上到處都有那個黑色板子——QR紋章從地面冒出來了！』

「啪——」緊接在通訊中斷的聲響後，來自南北美洲聯合部隊的通訊閃爍起來。

他們似乎仍有殘存部隊留在某處。

況且正在與天使載體交戰的樣子，不停地發出航空支援與撤離的請求。

『還有部隊保持著人類的形態嗎！NERV機，AKASIMA要去那裡支援。』

看來這些QR紋章是透過「地面另一端」的傳送抵達的吧。從大地各處冒出的它們一齊移動，聚集起來。

「要來了！」明日香說道。

「來了呢，畢竟我們就是預料到這點才會造訪這裡的。真嗣也成功阻止了神話，是時候該出場了。」

黑色巨人阿爾瑪洛斯來了。正是為了見上阿爾瑪洛斯一面，他們才會不惜採取無視命令而逃亡般的行動，來到這座黃泉比良坂新島上。

為了見到在打倒阿爾瑪洛斯後，化身為新阿爾瑪洛斯的歐盟EVA（Heurtebise），以及它的駕駛員小光。

島嶼中心有座比聖母峰更為高聳的岩山，黑色鱗片們朝著那座岩山的山腳下聚攏而去。冬二與明日香的Platypus 2雙座型慢慢提升高度，觀察著黑色鱗片的情況。

「既然槍拿真嗣沒轍，它也只能親自來一趟了。」

「不過鈴原，見到小光之後，你打算怎麼做？」

「也是呢……首先要——」

明日香瞥了一眼突然不說話的冬二。

儘管她認為冬二是個笨蛋，不過他的行動往往都有著笨蛋的理由與計畫，唯獨這次可說是毫無構想，讓她有點在意。「鈴原？」

「……等等……這是——什麼？」

他全身僵住，痙攣起來。

「吵死了！給我閉嘴！」

冬二的大叫讓正要再度向他搭話的明日香嚇了一跳。

『明日香，怎麼了？』

最終號機的真嗣察覺到明日香突然湧現不安。

「鈴原他……不太對勁！」

聽到她這麼說，冬二終於意識到自己的狀況。

「剛才的……妳沒聽見嗎？喂喂喂——這下可糟了……惣流，代替我駕駛……！」

「辦、辦不到啦，我沒學過開這個！」

她才這麼說著，機體便劇烈地搖晃起來，開始橫向滑移。冬二以左手壓住操縱桿上顫抖不已的右手，設法穩住機體——仿生義手反而能正常動作？

他冷不防地抬起下巴，像是注意到了什麼。

「這是——妳的聲音嗎……？錯誤……必須被糾正——」

「你難不成——」

冬二與明日香都曾看過與這類似的情況。

宛如人偶般感應到黑色巨人的綾波們。

「是小光的聲音……」冬二感應到了什麼。

明日香卻完全沒聽到。「妳聽不見嗎……？——這個阿爾瑪洛斯正用小光的聲音說話。」

■綾波

『一直待在這裡也很無聊呢。』

「咦？」

在遠方的箱根，聽到這句話的綾波——零No.特洛瓦不禁回頭望去。

「卡特爾……？妳是怎麼進來的……」

她陪著加持來到本部，目前理應跟EVA變異體一起待在地面甲板上，卻似乎偷偷潛入基地裡——來到自己身後。特洛瓦認為是這樣。

周遭明明沒有任何人，卻響起了回覆。

『方法多得是，畢竟這裡到處都是漏洞——哎呀？』

看來「聲音」的主人也注意到了。

『究竟有哪裡到處都是漏洞，可以盡情吃零食啊？妳快說清楚。』甚至連希絲的「聲音」也突然介入。

「等等，『我』們——」特洛瓦說道。「精神鏡像連結正在恢復……」

自從零No.卡特爾讓EVA接受QR紋章以來，她們的精神連結就一直處於故障狀態，幾乎無法正常連結。

『——真的耶。』

『這是怎麼回事啊？』

宛如雨過天晴般，能清楚聽見彼此的聲音。

難道她們從阿爾瑪洛斯手中解放了嗎？然而卡特爾的EVA變異體胸前仍有QR紋章，卡特爾跟特洛瓦也依舊受到QR紋章汙染。

不過這是……

「『我』們，聽我說——」才這麼開口，特洛瓦就糾正自己：「——不對……」

「來跟特洛瓦談談吧，卡特爾、希絲。」

■新的述說者

明日香經由通訊告知緊急事態。

「Mayday！駕駛員正陷入昏迷狀態──真嗣、箱根ＣＰ！」

『箱根ＣＰ呼叫Platypus 2！快切換回無人機模式，讓ＡＩ接管操作。』

「呃……」明日香慌張地環顧面板。就在她東翻西倒之際，痛苦的冬二用唯一能正確動作的機械左手開啟控制面板。

「……那怎麼可以呢──我現在操作……！」

「明日香，你們那邊發生了什麼事？」真嗣喊道。他讓最終號機轉向Platypus 2，發現對面的山脊彷彿錯覺般移動了。

「發現報告中提到的巨獸！對方正朝這裡過來──居然選在這種時候！」

真嗣憤恨地咒罵著。不過正因為是在這種時候，一切都開始動起來了。

巨獸朝ＱＲ紋章聚集的方向──偏偏朝著這裡衝來。儘管戰鬥支援ＡＩ已發出接近警告，然而牠實在太大，抓不到距離感。

『鈴原代理副司令什麼的應該是接收到黑色巨人——阿爾瑪洛斯的話語……為什麼？為什麼不是零她們接收到？』恐怕是因為阿爾瑪洛斯的附身對象改變了吧。

確認Platypus 2以不穩定的飛行軌道勉強脫離巨獸的前進方向後，真嗣連忙讓最終號機飛上天空。

不僅地面，就連空氣也在震動，灰色半機半獸的龐大身軀自最終號機腳下穿過。牠看都沒看最終號機與魔改造航空器Platypus 2一眼。

「牠是在追逐QR紋章嗎……？」

勾到樹枝後，冬二他們不穩定地自旋的機體總算穩定下來，慢慢地開始尋找降落地點。

『討厭！害我撞到額頭了啦！』

『——不打……緊，就這樣先以自動變速器降落吧……那傢伙……正在哭啊……』

最終號機聽到兩人的聲音而在空中停住，結果看到無數大大小小的動物追趕著巨獸跑去。

無法確定自身形態的半不定形動體們，正以不自然的高速移動著。

那就是戰自的AKASIMA所目睹，因方舟上的生物資訊而喪失自身形態的人類嗎？

牠們陸續撲向巨獸。

「咦？」

不對，牠們是跳進那個巨大身軀裡——融合了。這是在作夢嗎？

巨獸似乎正用自己的身體吸收牠們，不斷地膨脹。踏響地面狂奔而去後，牠便以獠牙與前腳的銳利爪子打飛、拋開、擊碎正要聚集的QR紋章。

宛如要阻止它們匯集。

然而實在過於巨大的身軀，導致野獸來不及趕上，黑色鱗片聚集的地面終究還是隆起了。

率先竄出地面的，是彷彿將武器往上揮動般舉起的手臂。

換了新身體的黑色巨人出現了。

「EVA最終號機呼叫箱根CP，阿爾瑪洛斯出現，位於將臨時地圖橫向縱向六等分的二十秒方格E4。確認對方持有武器……那是長號嗎？很像樂器……」

『是陽電子步槍啊……』儘管形狀與尺寸有了變化，但那是歐盟(Heurtebise)EVA的長管槍。

Platypus 2雙座型找到相對平坦的地點，起落架陷入苔蘚茂盛的軟土地面，一面傾斜著著陸。

而在對側的寬闊斜坡上，巨獸襲向阿爾瑪洛斯。

黑色巨人那猶如樂器般的火砲立即開火。

奮勇趕赴這座奇妙島嶼的他們，在與非碰面不可的對手對峙前，先被這頭彷彿非人生命代表的野獸給搶先一步了。

■發怒的野獸

巨獸的後頭部到頸部組織上覆蓋著紅色EVA貳號機。儘管身軀龐大，牠卻靈活地避開了阿爾瑪洛斯發射的第一發子彈。

落在後方山脈高處的流彈形成巨大火球，轟鳴作響。

然而數秒後，太過巨大的野獸身軀便被第二發子彈擊中，過了數秒又被接連發射的反質子砲直接命中。

儘管局部產生的反物質反應削減了牠龐大如山的身軀，牠卻沒有停止衝鋒，終以尖牙咬住黑色巨人肩膀的那副模樣，甚至讓人感受到怨念。

緊接著，最後的砲聲響徹天際。

「號角響起了。」

在箱根透過螢幕望著這一幕的加持——SEELE的容器，喃喃低語。

明日香解開看起來很痛苦的冬二身上的安全帶。

「呃……一切野獸皆要服從人類——它應該是這樣下令的。」

「是是是。給我振作一點，接下來才是關鍵吧？」

「我知道啦……該死——針對混合了動物的US EVA那時也是……它為何這麼敵視人類以外的存在啊？」

冬二強行撐起因感應而持續痙攣的身體。

「回答我，小光。」

『喪失意志者——是無法服從的。』

隨著胸部自下方被射穿，巨獸開始了奇妙的崩塌。

牠看起來就像是突然粉碎散開——

「鳥！」當鳥群散開後，巨獸的身影消失了。

奇妙的是，貳號機的身影也消失了。難道它同樣變成鳥，在散開後飛走了嗎？

加持以SEELE的意志喃喃低語。

「牠們終究是野獸，只是濃縮物質的一種形態罷了。即使能成為孕育補完計畫的一部分土壤，牠們依舊無法登上化身其執行者的階梯。」

「……」

在一旁聽著的美里還來不及理解話中含意，加持便做出了總結。

「然而一旦得到主體，就另當別論了。」

無數的鳥展開飛翔。

明日香看到一道白色人影，宛如在追逐牠們似的穿梭在森林之中。

沒錯，那是跟小不點希絲差不多大的……

「真理……！咦！」

明日香一度握住尚未熄火，仍以怠速狀態嗡嗡作響的Platypus節流閥，卻在咂了一聲後立刻放手。

「啊！早知如此，我就先學怎麼開了。」她喀鏘喀鏘地打開裝備，尋找有什麼能用的東西。

「真理——怎麼了……？」冬二痛苦地望向她。

「啪！」明日香拍了下大腿。

「真是的！沒半樣能用的東西。」

她開啟駕駛艙。

『碇……同學。』

真嗣也聽到了那道聲音。

「副班長……」

是小光的聲音。

在飛離的鳥群之間，最終號機與黑色阿爾瑪洛斯對峙著。

「洞木同學……聽得見我的聲音嗎？」

除了班長或副班長這種稱呼外，真嗣也曾有段時間叫她小光，然而自從意識到她是朋友的女友，且是個高中生後，他就一直以「洞木同學」叫她了。

如今，他只能祈禱那把握在漆黑手掌當中，宛如銅管樂器般美麗且閃閃發光的陽電子步槍不會對準自己。但大概不可能吧。

畢竟阿爾瑪洛斯是為了處決破壞天上的透鏡，還屢屢反抗補完計畫進行的真嗣而來到這裡。

——一定有辦法……一定有辦法。我正是為了設法解決這個事態而來的，對吧？

『聽……得到，感受得到——』

「快從那裡下來，我們回去第三新東京吧。」

『不行……』

「為什麼……」話還沒說完，黑色巨人的槍就對準了他。

圈。

「該死！」

陽電子步槍射出閃光。

最終號機伸出握著備前的拳頭，以上頭的絕對領域彈開攻擊。

反作用力卻比想像中還要巨大，導致最終號機朝後方失去平衡。

當它退後了幾步站穩之際，阿爾瑪洛斯已然闖進攻擊範圍內。

那把猶如樂器般閃亮的步槍穿過備前的側面，以槍托戳向最終號機的喉嚨。

嘎砰！

最終號機重達三千五百噸的身軀頓時被向後打飛。

「嘎啊……！」

呼吸彷彿都要停止的衝擊傳來。

——不對，他現在只是ＥＶＡ所作的夢，真的有需要呼吸嗎？

疼痛讓意識一瞬間混亂了。

——不行！不認真的話會輸。

「雖然我也不想要贏就是了……！」

一旦成為阿爾瑪洛斯就會這樣嗎？只見近距離對峙著的前歐盟ＥＶＡ，體型比原來大了兩最終號機一面滾動，壓倒了美麗足可比擬天國的森林。

真嗣預料會在這時遭到射擊，於是展開小型光翼，避開射來的陽電子伽馬射線爆炸，隨即沿著斜坡低空飛行。

而確認明日香已不在著陸的機體周圍後，冬二便憑藉所謂的「毅力」振奮意識，開啟類似直升機集合桿的節流閥。

『住手！小光！』

重力子浮筒發出嗡鳴，Platypus 2雙座型再度浮起。

『是我殺了……破壞了……破壞了！破壞了！』

阿爾瑪洛斯以不知何時裝上的步槍刺刀，將周圍的大地挖出一塊圓形缺口。

碎片飛散開來，劈啪劈啪地打在Platypus的護盾上。

「那並非出於妳的意志吧！」

『但也是我親手做的……！』

這不僅限於話語，與阿爾瑪洛斯正進行感應的冬二，感受到彷彿親自碰觸般的真實感躍入意識當中。

『被破壞的疼痛、死者的聲音，全都從手上傳來了！』

「嗚！」

『冬二——救救我。』

那實在是筆墨難以形容的景象。

人們在眼前死去，巨大城市輕而易舉地遭到毀滅。

冬二頓時不知道該怎樣救出目睹這種光景的意識了。

舞台霎時一片寂靜。

緊接著——怦咚……！

怦咚……！

傳來了最終號機因為遭到攻擊而加快的心跳。真嗣的心跳聲在山壁上低沉迴響。

『那個聲音……必須阻止那個聲音。』

小光以毫無起伏的聲音說道。

「為什麼啊？那可是真嗣的心跳耶！」

『冬二，你太靠近了！』躲在岩石後方的真嗣警告著。

——我能理解你想讓洞木同學專注在自己身上，抑制她對我的攻擊衝動……但是！

『——有時人類行動的理由並非語言，也非……意識——而是更加單純的……』

「妳在說什麼啊？」

無法確定哪些是小光的意思，哪些是阿爾瑪洛斯的話語。

儘管這些話語可能是以小光的語言中樞構成的，然而她在語言方面學識豐富，不會像綾波那樣說得斷斷續續，因此更加難以分辨。

『那也許是……心跳，無謂地引誘人們執著於生命的節奏。』

冬二擋在阿爾瑪洛斯面前。

那副巨大的黑色身軀卻突然崩塌似的融入地面之中，隨即再度化為無數QR紋章，穿過Platypus 2的機體下方。

「糟了！真嗣，它去找你了！」

見QR紋章開始攀爬最終號機所躲藏的岩壁，真嗣連忙讓機身離開，不過為時已晚。它在起飛瞬間遭自岩石中伸出的手臂抓住，用力地摔向地面。

從代替遮蔽物的岩壁，冒出了阿爾瑪洛斯的全身。

陽電子步槍的刺刀重重壓在裝有「心臟」的胸前中央三角上。

『所以要消除你的心跳！』

真嗣立刻抓住槍口，並在移開的瞬間險些遭到擊中。

這一槍猛烈炸開了地面。乘著來自背後的驚人爆炸氣浪，最終號機以機體撞向阿爾瑪洛斯。

然而就在這時，黑色巨人再度沉入岩壁之中。

在這座遭到踐踏破壞的山谷間，響起了小光的聲音。

宛如從岩壁冒出來般■現身的阿爾瑪洛斯。

『只要那道心跳聲還在，人們便會延續著希望！只會敲響生命的節奏！如此一來，世界就無法遷移到新的舞台上！』

話音在岩山之間迴盪著。

「為什麼偵測不到反應！」

驚慌失措的真嗣被低空劃出圓弧的步槍給絆倒。

『即使只是不斷重複，如果無法讓世界補完，就無法再繼續前進了！』

真嗣忍不住以光翼飛起。

針對腳下的攻擊應該是源於小光的知識。在北海道交戰之際，他曾因為這招吃過相當大的苦頭。

只要見面，總會有辦法解決——他們暗自懷抱的這種希望正漸漸瓦解。

「無計可施了嗎！」

冬二也正被阿爾瑪洛斯的話語直接侵入大腦與意識，難以說服對方。很快就會連他也一起遭到吞沒了。

他沒有經由感應，而是以新地島作戰時的作戰協議呼叫。

「小光，讓我們透過言語對話吧！」

『為什麼……？』

小光朝真嗣──橫越天空的EVA最終號機──進行射擊，一邊這麼說著。

「妳問我為什麼……」

『即使不依賴那種東西，我也能和冬二對話、能和冬二聯繫唷。瞧！』

一種宛如被巨大眼睛窺視的不安感襲來。原以為能承受住的心靈感應，幾乎再度奪走冬二的意識。

當他猛然回神之際，機體已伴隨嘎吱嘎吱的聲響傾斜墜落。

看來是機體承受了巨大壓力，「嗶──嗶──」重力子浮筒的應變計響起。

──這是被攻擊了嗎？……不對！

『冬二！』最終號機將真嗣所見的Platypus 2影像傳送過來。

『快拋棄機體逃跑吧！』

「什麼？」

自地面伸出泛著黑色光澤的帶子，漸漸纏繞住Platypus 2。

不僅纏繞，還形成彷彿從Platypus 2上長出手臂的形狀。

猶如鎧甲般中空的手臂。

真嗣連忙大喊。

『那是Torwächter的手臂！你會淪為永劫的僕從的！』

掛載在Platypus 2上的陽電子砲切換至光激發模式，開始旋轉。

化為熠熠的連續光線後，陽電子砲自行切斷了長出來的巨大手臂。「砰！」手臂伴隨著巨響掉落，負重突然減輕，冬二的機體立即彈飛似的上升。

然而，他卻對自己目睹並切斷之物感到難以置信。

——她方才做了什麼！

他甚至覺得自己看到了幻覺。但是以翼尖攝影機看到的機體表面——方才成為手臂根部的位置——仍有部分維持捲起、扭曲的樣貌。

『一起走吧，冬二。』Torwächter究竟是如何且出於何種意圖誕生的，想必真嗣他們已經親眼見識到了。

「——等等……喂……」

冬二霎時對小光感到恐懼。

『如果你不願意，我就讓你成為回憶，把你帶走。』這是抒情的死亡宣告。

卻是她不可能說的一句話。

接連發生快把人給逼瘋的怪異現象而幾近崩潰的精神，反而因此振奮起來了。

總算能斷言對方肯定不是小光的冬二，駕駛Platypus 2衝鋒而去。

『冬二，你會被吸收進去的！快離開。』他無視真嗣的吶喊。

冬二機特意在瞬間關閉浮力場使機體掉落，避開阿爾瑪洛斯刺來的陽電子步槍刺刀。

成為黑色巨人後無論做了什麼，小光都不會感受到責任。

阿爾瑪洛斯立刻切換成射擊，朝Platypus開火。

儘管N^2反應爐在機體周圍產生的斥力場勉強彈開了這擊，反作用力卻將Platypus 2雙座型給撞開，機身激烈地翻滾著。

彈起的義腳撞到額頭，令冬二的意識逐漸模糊。

——糟了……

正當他這麼想，卻乍現朦朧的靈感。他有這種感覺。

再度追著冬二射出的攻擊被展開光翼猛然衝來的最終號機擋下，往天空彈開。

衝擊波終於追上最終號機，滾滾地揚起沙塵。

「被砍時要是不切斷神經反饋，可是會留下後遺症的！」

真嗣大喊，同時維持著覆蓋備前傾斜材料刀身的領域，舉起刀柄衝向阿爾瑪洛斯。

「抱歉，副班長！我要切碎那副軀體了！即使只剩下插入拴組件，我也要把妳帶回去！」

■真理

之所以在離開Platypus 2之際，從符合機體外型的貨櫃中取出冬二裝載上去的越野摩托車，是因為明日香覺得自己有辦法駕馭摩托車。

以前跟某些無趣的男人出門遊玩時，她曾在野外跑道上騎過。

她所騎上的破爛二輪車，是北海道戰後，成為ＮＥＲＶ司令部人員的冬二正式負責的重要工作——在北陸山中搜索墜落遇難的歐盟立即反應部隊時，與重型ＶＴＯＬ一起搬運移動、被他操過頭的車輛。

儘管漸漸掌握了行駛於崎嶇地形的技巧，但在通過視野不佳處耗費太多時間了，這樣有辦法追上真理嗎？

——我太魯莽了嗎……

明日香心頭湧現不安。一群飛往北方的鳥卻突然轉向，再度從她頭上掠過。

當她重新望向前方之際，只見追逐鳥群的真理和黃金獵犬一起竄出樹林間。

「真理！安土！」

「真理！安土！」

「汪！」

■安土回應了她。然而他們並未停下來。

被呼喚的真理僅僅瞥了她一眼。

「汪！」安士則回應了她。然而他們並未停下來。

「等、等一下！」

明日香慌張地讓摩托車轉向，結果陸續出現各種跑得很快的動物追逐著真理他們。那群動物毫不畏懼地跳下明日香剛剛好不容易才通過的懸崖。

「咦～開玩笑的吧～？」

她厭煩地望向前方——真理所躍入的森林對側。隨著無數飛鳥消失在瀰漫濃霧的山谷之間，沒過多久，那頭巨獸便自那片濃霧之中再度出現。

牠仰天嚎叫。

「……原來如此。」儘管傳來了壓迫感，但明日香總算明白了。

——那頭超大的傢伙，是US EVA（Wolfpack）的末路……！

她使勁地催動油門。既然如此，就不能再猶豫了。

「真嗣！跟箱根CP說我找到真理了，我的發信機傳不過去。她目前穿著希絲的戰鬥服，所以在近距離能用IFF標籤追蹤到她。」

『等等，明日香，妳沒跟冬二在一起嗎？』

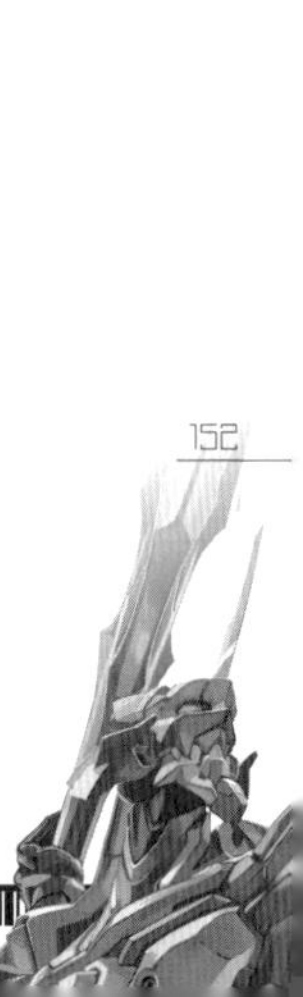

「我也穿著戰鬥服，一旦有什麼萬一，就靠你追蹤我的位置了。」

她將手指從發信按鈕上移開。前方看得到真理了。

「真理，至少讓我聽聽妳的理由吧！我們不是互相廝殺的夥伴嗎！」

實在不太好笑。

當時的明日香，是體內混入數以千計生命情報的明日香ＥＶＡ整合體。而視這副模樣為自身理想的真理，最終則試圖以US EVA（Wolfpack）捕食明日香。

雙方的對決即將以真理的勝利告終之際，為移動黃泉比良坂而開啟的空間透鏡將她們一起粒子化了。

而當她們在地球附近的「焦點」重新構成時，本來相互融合的ＥＶＡ和其他混入的情報被排除在外，使她們恢復成普通的兩名女孩子。

「那時不只是我們，貳號機與真理的Wolfpack也在其他地方……在這座黃泉比良坂上重新構成了吧。」

一切都只是透鏡為了移動黃泉比良坂的附帶結果，讓她感到很不爽——可是為什麼Wolfpack會變得這麼巨大啊？

「喂！」

她試著追上真理詢問。

「總不會是透鏡對焦失敗，才讓它變得這麼大吧！」
「這裡有著封存無數生命的箱子。」
——是指方舟吧。
「儘管從那裡溢出的生命形形色色，卻同樣懷著一直被禁錮於箱中的憤怒。無論是曾經存於明日香體內的眾多生命，或是在這塊土地上空的飛鳥們，全都吸收了這股憤怒。」
「憤怒？」
為了讓世界不斷輪迴，在方舟裡的生命情報遭到操弄，被禁錮在接近永恆的時間。牠們是為此而憤怒的嗎？
「當時被重新構成的妳跟個迷路的孩子一樣嚎啕大哭，不肯從我身邊離開耶。現在卻像是看不見其他事物似的跑著……」
看來真理已經下定決心。
「我要回到那裡面，成為憤怒以外的理由——無論是人類抑或EVA，我都不會再恢復成單一個體性。」她斷然說道，高聲嚎叫。
周圍的動物們也跟著嚎叫。
而稍微慢了幾拍，霧氣瀰漫的山谷深處也回以巨大的咆哮。
雖然真理的價值觀依舊讓人難以理解，但眼下她們有著相同的目的地。

「我也決定好目標了，就是要取回黏在妳家人身上的ＥＶＡ貳號機唷。」

■教室

第三新東京。等著SEELE加持而閒得發慌的零No.卡特爾，偷偷溜出位於本部設施地面甲板上的ＥＶＡ變異體，來到仙石原高中。

她二度造訪了被真嗣夢境所覆蓋的這所高中。

上次她是由遠方——在ＥＶＡ變異體的插入拴內沉睡時的夢中——意外來到這間學校的。不過……『今天我要走路過去。』經由精神鏡像連結聽到卡特爾坦蕩的低語後，零No.特洛瓦便不知為何告訴她能避開警備部煩人監視的路線。

「好了……」方才特洛瓦徵詢了卡特爾與希絲的意見，但尚未收到回覆。

校內喧鬧不已。現在是下課時間。

由於叛變的卡特爾與特洛瓦有著許多外觀上的共通點，並未特別引起懷疑。

「喀噠！」她身後的椅子傳來聲響，但嘈雜的教室裡沒人在意。

她轉頭望去。

「鈴原同學？你應該是去了黃泉比良坂吧。」
「……」
朦朧的冬二身影不穩定地模糊起來。
「這裡是……教室嗎？……明明還在戰鬥中耶。」
「所以你的現實是在戰鬥中的那邊唷。你知道這裡是碇同學夢中的教室吧？會吸引同學們離開身體的意識……快點回去吧，不然你能回去的身體會消失喔。」
卡特爾嗤笑一聲，將手放在冬二胸前，準備推開他。
周遭淨是同學們的喧鬧聲。
「妳是卡特爾……？卡特爾綾波嗎？——幫我一個忙。」
「今天還真多人找我商量呢。」
在卡特爾耳邊說了些什麼後，冬二的身影便隨即消失了。
在墜落中的Platypus 2駕駛艙內醒來後，冬二無須搖頭讓自己清醒，因為機體早已處於嚴重的翻滾狀態。他反轉方向舵，改變重力子配置以阻止機體旋轉。
「該死！」
當AI協助穩定機身後，翻滾總算止住。看來Platypus 2遭射擊時儘管避開了直擊，一部分

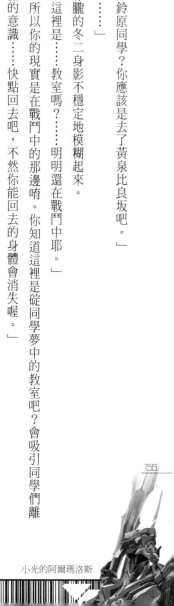

左翼卻因為衝擊而脫落。倘若是只靠空氣動力控制的飛機，早已墜落了。

『冬二！』冬二向突然傳來的真嗣聲音回道：「我沒事！——真嗣！」

『怎麼了？』

「你一定要救出小光啊！」

『？』

■備用鑰匙

騷動在第三新東京發生了。

「妳在做什麼！快住手！」

出面制止卡特爾的EVA變異體的，居然是SEELE加持。

「進行交涉根本是在浪費時間呢。」

EVA變異體卡特爾機開始破壞本部設施。

「反正猜得到放在哪裡。既然想取回朗基努斯之槍複製品，搶回來就好了。」

「SEELE加持，你打算放棄交涉嗎！」

卡特爾展開大肆破壞，使加持在自助餐廳裡被警備部的槍口團團包圍。

「明明什麼都還沒開始耶？我毫不知情，這件事與我無關。更換主體後，我經由黑色巨人鱗片施展的強制力就對她無效了——有意見去對那個人偶說吧！」他不高興地表示。

在本部設施的防空單位對準自己前，卡特爾ＥＶＡ搶先一步跳進地面甲板中央的大洞，降落至內部封印著舊Geofront的石棺半球體上，以斧槍戳破垂直通道，成功闖入地下區域。

「目標是東南方的第六保管庫吧。」

冬月在指揮所盯著情態板，同時發出指示。

「０・０ＥＶＡ（特洛瓦機），裝備必須假定會在狹窄空間進行格鬥戰，以磁浮列車先繞到第六保管庫前，路線是經由三號轉六號。」

「特洛瓦機收到。」

地鳴聲穿透減震結構，地下某處發生了巨大爆炸。

「ＥＶＡ變異體卡特爾機抵達第六保管庫正面！」

「一旦侵入內部，就立刻用硬化酚醛樹脂封住她！變異體如果有那個意思，隨時都能施展空間轉移。」

就在這時，日向詢問起正趕赴現場的特洛瓦機的行動意圖。

「ＣＰ呼叫特洛瓦機，妳為何停在六號路線上？」

六號側線的磁浮列車顯示在螢幕上，卻未見特洛瓦機的蹤影。

它反而繼續沿著作為主要幹道的三號路線往前走，傾盡全力擋下前方以驚人速度駛來，既不在預定流程上，就連相關人員也毫無所悉的貨物列車。

隨著列車脫軌，嚴密保存的貨箱破損，大量冷卻劑噴灑而出，周圍瀰漫著白色冷氣。

特洛瓦機從貨箱中拿起目標物品。

在它手中嗡嗡顫抖的，是朗基努斯之槍複製品。

「既然知道妳要來拿，他們就不可能把它繼續留在原地。」

『雖然沒我厲害，但妳也很有當小偷的才能呢。』

卡特爾在精神鏡像連結上開心地笑著。為了找出被封印的朗基努斯之槍複製品的位置，特洛瓦刻意讓有前科的卡特爾大鬧一番，順利達成目的。卡特爾的ＥＶＡ變異體離開舊神山山腳下，以黑色翅膀飛越傾注而下的砲火，火山臼逐漸遠去。

『幹得漂亮——儘管想這麼說，但妳接下來打算怎麼做，特洛瓦？還有小不點呢？』

『啊～～～～我～聽～不～見～希絲什麼都沒～看～到～』

F型零號Allegorica上的希絲在故意拖了很多時間後，朝著駒岳射擊哨移動過去。

「破壞世界也好，重建世界也罷，總之這或許是唯一的備用鑰匙。碇同學他們正在奮戰，現在不能拿它來交涉，還回SEELE手中。」

0．0EVA（特洛瓦機）終究沒能逃離箱根火山臼。

她就這樣抱著朗基努斯複製品，逃進漂浮在蘆之湖湖畔的「玻璃之卵」裡。

這顆無論如何都不會受損的蛋殼，是原本位在中央核心區的莉莉斯為了從上一個世界來到這裡，產生的時間停滯球外殼。特洛瓦打算堅守在那裡。

#5世界樹

■毛玻璃堡壘

蘆之湖北岸。

無法確定是物質或能量領域，全長六六六公尺的「玻璃蛋」。

除了發現之際已然存在，直徑約八十多公尺的開口處外，任何物質都無法傷害那道絕對防壁。儘管曾計畫將內部改造成避難所，它卻在施工途中遭棄置到現在。

踏過工地的臨時地板進入內部後，零No.特洛瓦0．0EVA就堅守在這裡。

手中握著搶來的朗基努斯複製品。

『控制塔呼叫0．0EVA（特洛瓦機），快返回整備室。』

儘管這裡離本部的通訊設施非常近，然而「玻璃蛋」的電磁波屏蔽效果，導致日向聲音的訊號強度很低。

在這種情況下的最後手段，亦即由指揮所遙測進行的遠端操作與強制停止信號，都被0．0

EVA拒絕了。
這些手段事前就遭到解除或取消，代表特洛瓦是預謀搶奪長槍的。
即使困在「玻璃蛋」裡成為甕中之鱉，擁有外裝型S^2機關的0．0EVA運行時間卻趨近無限。
指揮所也很清楚她要是堅守不出會有多麼棘手，冬月試著動搖她的決心。
『妳立刻走下EVA向警備部投降吧。計畫外地啟動EVA、搶奪最重要的物品，以及伴隨這些行動破壞了設施，目前都能以懲罰一筆勾銷。然而一旦被認定利用EVA叛亂，罪行可是很重的。』
但特洛瓦的回答早已決定。
「背叛的是你們。」
她經由通訊與外部揚聲器大聲說道。
「現在的NERV與碇司令那時不同，不再具有像是SEELE的祕密上層組織，那個時代已經被碇同學摧毀了。」
美里在一般大樓的自助餐廳裡，聽著特洛瓦與指揮所的對話。
情報終端機放在桌上，對面則坐著成為SEELE容器的加持。
「很好笑嗎，加持？」

「真是場鬧劇。還以為你們想和我交涉呢？」

「我也想問問你帶來的零——卡特爾方才鬧事的理由呢。她去哪了？」

「我怎麼知道人偶在想些什麼？」

No.卡特爾如今已和ＥＶＡ變異體一起消失了。

到頭來，雙方都被各自身邊的綾波耍得團團轉。

其實美里等人之所以邀請對方過來，並非事到如今才打算服從SEELE。然而——

——我們這些大人背叛了你們……妳是這麼想的吧，特洛瓦？

不經任何人同意，想到什麼就毫無計畫性地埋頭去做，可說是少年少女的特權。

而大人們基於責任，無法這麼做。

SEELE加持輕易地答應了他們提出的會面。

儘管非常可疑，卻也是個好機會。

非得知道現在這個世界有怎樣的力學作用著不可。

哪怕得壓抑個人情感。畢竟關於當前的敵人與逼近的末日，人類所獲得的情報至今仍嫌太少了。

她按下終端的按鍵，低語道。

「特洛瓦，我們談談吧。」

——畢竟這孩子本性頑固……或者該說不知道什麼叫做變通吧。

「有什麼要求，我願意聽妳說。」

『請別將朗基努斯複製品當作與SEELE的交涉籌碼——碇同學現在正在戰鬥，既然如此，我們不能失去這把槍。』

「這我們當然知道……！」

指揮所裡，關掉麥克風的冬月一臉苦澀。

「倘若是唯，就會以更全面的角度思考了。然而這個複製個體只看到事情的一面，就只是個意氣用事的年輕人啊……」

他邊說邊回想起往事，怒氣卻漸漸消退。

即使是提供ＤＮＡ給零的唯，在懷上真嗣之前，其實也是個急於實現理想的「年輕人」。

正因如此，她才會親自沉入初號機的胸口。

SEELE加持提出的要求是——在世界遊戲結束之際，確保朗基努斯複製品的所在位置。

「SEELE認為這世界即將結束，因此他們在意的是當『終末』發生時，槍能否回到他們的手牌上。在那之前無論想怎樣使用那把槍，SEELE應該都不會干涉。」

这是NERV JPN司令部上層的想法。

而槍能基於這個條件作為交涉籌碼。在以此為前提展開的會談裡，向成為SEELE容器的加持所問出的任何情報，對我們來說想必都是有價值的。

「居然連這都不懂——」

然而一旦考慮到投擲之後的情況，實在無法充分發揮槍的能力。

這也是事實。

特洛瓦奪走長槍的主張便是基於這點。

「把SEELE載來的零No.卡特爾的EVA變異體下落呢？」

日向看向環狀配置在火山臼周圍的量子流動傾斜儀顯示器。

「它在強羅進入空間轉移後，還沒有再度出現的跡象……」

『別把那邊的西瓜田給弄壞了。』

透過祕密恢復的精神鏡像連結，No.希絲在零No.特洛瓦腦內嘀咕著。

那曾是加持的田地，三年前的NERV戰後由真嗣接手照料。而歷經重重災難仍勉強倖存的西瓜田，被看不下去的零No.希絲搬遷到這顆「玻璃蛋」內。

玻璃蛋具有阻止振動、電磁波、光線及放射線等各種波動進入，將其反射至對側的特性，是以內部本該一片漆黑，卻照進了朦朧和煦的陽光。

儘管如此，在這個奇妙的空間裡，內部溫度卻不會產生變化。

可說是究極的溫室。以F型零號機挖起、搬運至蛋殼內的臨時甲板上後，希絲與N型監視機器人便一直照料著這塊田地。

『呃，光是說會妥善處理，人家會很困擾唷。』希絲提前預見了她的回答。

「呵呵。」

『妳在笑嗎？』No.卡特爾問道。

特洛瓦不禁心想——的確，自己為什麼笑得出來？

以前的精神鏡像連結會讓複數綾波共享並平均化知識，使她們認為自己是「一個人」，然而現在……她們各自看著不同的方向——喧嚷著。

『喧嚷？』

『跟發出嘶嘶聲的氣泡水一樣？』

0・0EVA（特洛瓦機）將左手的朗基努斯複製品放到背後，以磁軌砲Powerd 8對準開口處。

『再重複一次——No.特洛瓦，快返回整備室，聽從CP命令。』

在面向岩壁的那一側，聚集而來的地面裝甲車把對使徒用的電磁砲對準「玻璃蛋」升起，呈扇形圍繞開口處。

蘆之湖北岸展開了一場誰也沒預料到的對峙。

■將流下的一滴……

在黃泉比良坂新島的大地上，明日香騎著越野摩托車追逐著真理。

閃光不時自山脈對面升起。

真嗣的ＥＶＡ最終號機與小光的阿爾瑪洛斯正在交戰。

倘若沒被擊墜，冬二的攻擊機Platypus 2雙座型想必也在飛行吧。

而她之所以會在遠處，是為了取回自己的武器。

跑在前頭的真理知道它的去向。

在這座島上，真理的Wolfpack連同整座島嶼一起被空間透鏡重新構成，成為一頭巨大野獸，

背負著似乎同樣在重新構成時與它結合的明日香貳號機，漫步在這片密林的某處。

經歷了一段曲折離奇的過程來到此地的明日香，想趁著這離奇的機會取回自己的ＥＶＡ。

——話說回來，為何我要做這種事啊？

儘管心中半懷著這種疑問。

她們早已暴露在方舟的影響下。明日香穿著編入了奧利哈鋼的新型戰鬥服，受其強大的屏蔽力保護。但真理呢？

小不點真理帶領著一群野獸，有如貓科猛獸般穿越森林，攀上懸崖。

儘管沒有化為鹽巴，但她也開始受到其他生物情報影響了。

只見她頭頂豎起耳朵，以伸長的尾巴保持平衡，用伸出的銳爪抓住變化的地面，彈跳似的蹬地奔馳。這已經不是小孩——不，甚至不是人類的移動速度了。

打從懂事之際，真理就接受了混入其他生物基因的處置，沒有「個人」的概念。

她並不認為這是不幸。

對她來說，這裡侵襲人類的「風」反而讓她感到舒適。

騎著冬二的越野摩托車，明日香拚命地跟著他們。

——根據箱根的檢查，混入的基因明明應該完全消失了。這是怎麼回事？

『這裡就是這樣的地方唷。』

突然間，她感覺聽到了熟悉的綾波聲音，於是回頭望去。

——No.珊克……！

她們穿過原始森林裡的巨大蕨類，卻在它的陰影下看到於月球與地球間消失編號的零。在人工子宮的培養時間較長，導致容貌比特洛瓦和卡特爾更加成熟的綾波，確實正站在那裡。

明日香反射性地要減速，珊克的手卻指著真理表示：「去吧。」

霎時，明日香的心中響起聲音。

『得掉頭回去才行！』

『現在得先找到貳號機！只要能拿回來，我才不會輸給真嗣呢。』

『——她是誰？』

「哇！」她驚訝地叫了出來。在腦海中響起的眾多聲音全是明日香自己的。

龍頭失去控制。

當她找回平衡而再度轉頭看去之際，珊克已經不見了。

是幻覺嗎？

——這樣的地方？

在她的摩托車周圍有著眾多不同的動物追著真理奔馳。倘若只看這幅畫面，還真像是一部適合闔家觀賞的動物電影。然而這群動物卻逐漸變得越來越超自然。

眼見牠們成長、衰老並消失；跑在一起的動物融合為一，或是分離開來。頭數以令人眼花撩亂的速度不斷變化。

——呃……這裡到底是怎樣的地方啊？

奇妙的群體從山腰雲煙繚繞的寬闊綠色斜坡上，以驚人速度朝著山脊攀登而上——包含真理與自方舟湧出的生命們。

『簡直就像上天堂般的光景呢。』

『除了我之外，沒人對這有興趣吧。』

『每件事情都隱藏著意義唷。』

——我自己的選擇……可能性正逐漸集中……周圍的生命也是……方舟記錄著所有時間的生命情報。

——這裡是世界誕生的胎盤，各種時間世界的我正在重疊……嗎？

「我在猶豫？」相較於真嗣，她一瞬間就理解了。

擾亂場面的是粗獷的引擎聲。

她將注意力集中在騎乘著的刺耳汽油引擎嘶吼上，堅守現實。

「安土！」

「汪！」相較於這群動物與真理的異常變化，跟在明日香身旁、看似她養的黃金獵犬，則與他們格格不入。

「你是戰自AKASIMA部隊春日先生家的狗狗吧？可不能混合進去啊。AKASIMA現在也在這座島上，你的主人說不定就在附近唷！」

「汪！」

真理則不確定是不是在回應他們，開口表示：「安土就交給明日香了。」

這麼說完後，她突然從視野變得開闊的山脊一躍而下。

「什麼？等等！」

動物們接連跳起，被吸入看不清是天空或地面的灰色背景中。

宛如被風吹過而閃閃發光的麥田褪色般廣袤的灰色物體，是波浪起伏的大片獸毛。

遙遠上空傳來無數外裝甲片摩擦的雜亂聲音，彷彿鐘琴似的連續響起。

看來牠在不知不覺間來到附近了呢。

在這片土地上重新構成之際，不知是透鏡對焦失敗而變大，抑或吸收了方舟溢出的生命而巨大化，總之真理的ＥＶＡ變得跟山一樣巨大。

前US EVA（Wolfpack）。

終於，真理——真理他們回到了家族的懷抱。

真理與Wolfpack分離、也與體內的基因分離，即使在ＮＥＲＶ跟明日香和希絲她們一起，仍總是孤獨地顫抖著。

即使大家都認為救出了她，然而人類的幸福沒有平均值。

「安士的姊妹茉茉，目前正跟NERV USA的移動工作人員在一起——」

她的身影愈來愈小。那是真理以人類之姿傳達的最後一句話。

「汪！」

再度奔馳於銀色波浪之中的他們，就在溶入Wolfpack的表面後消失無蹤。

她再也不會離開EVA了吧。

明日香或許到死都不會忘懷真理在這瞬間的表情——第一次看到她的微笑。

『真是無聊。』

『她明明對我做了那麼過分的事，我卻感到寂寞？』

「才不寂寞呢，我只是不甘心那抹笑容讓人看得入迷而已啦！走吧，安士！」

後輪猛然側滑，明日香在山脊上調轉車頭，朝向山頂。

她降低檔位。

以全力加速爬上細長的山脊，穿越瀰漫的白色霧氣，直到山脊高過Wolfpack屈起的背部——

「衝啊！」她與安士一同飛越過去。

他們飛向Wolfpack的廣大背部。

首次嘗試的跳躍意外地很順利呢——她暗自心想。

Wolfpack的背部裝甲迅速逼近。只要沿著裝甲往頭部方向前進，應該就能找到黏在Wolfpack身上、在這世上重新構成過，她的ＥＶＡ貳號機。

隨著屈身的巨獸（Wolfpack）ＥＶＡ站起，牠的腹部下方一口氣湧入空氣，颳起強風。

■貳號機

「鈴原，抱歉。」明日香與安土眼睜睜看著摩托車朝對側滑落而下。

他們抵達埋在巨獸頭部的ＥＶＡ貳號機，抬頭望去。儘管外觀保留了部分明日香ＥＶＡ整合體Crimson A1時的形狀與結構，但基本上是原來的貳號機。

只見閃光從遠處森林朝著山脈掠過，引發了一場大爆炸。

看來是阿爾瑪洛斯的陽電子步槍。

真嗣他們能勝任小光的對手嗎？

幸好行走時的四腳獸頭部不至於晃得太厲害。問題在於ＥＶＡ貳號機歷經了被US EVA（Wolfpack）捕食，過程中又一度連同黃泉比良坂遭到空間透鏡分解，重新構成時還黏在Wolfpack身上再生，這種相當怪誕的過程。

——這架機體真的能好好運作嗎？無視明日香瞬間湧現的不安，機械部分開始運作，明日香與安士勉強翻入拉出的插入拴裡。

她環顧四周，虛擬顯示器也全亮著。

「不對，為什麼會亮——已經啟動了？」

明日香嚇了一跳。貳號機在插入拴進入前就已經啟動了。

然而她即使拉動控制把手，也毫無反應。

雖然顯示器亮著，顯示的狀態卻是含意不明。

「等等——這到底是怎麼回事？」

明日香忍不住驚訝道，安士也跟著「汪！」了一聲。

隨著牠這一叫，顯示器上的顯示圖形瞬間散開，宛如某種群體。

「……說起來是有個把族群族群掛在嘴上，想吃掉我的孩子呢。」

也就是說，眼下ＥＶＡ貳號機一如外表，是Wolfpack的一部分嗎？

儘管已經啟動，插入拴前方——來自核心方向的獨特壓迫感卻消失了。

核心並未主張「個體」界線——絕對領域，彷彿遭到更大的Wolfpack現狀下「來者不拒」的領域給包覆。

「不會吧……」

『明日香……！』戰鬥服的手環型接收器傳來聲音。

「真嗣？你那邊如何？」

真嗣表示目前戰況僵持不下。

『還無法說服阿爾瑪洛斯化的洞木同學——抱歉……貳號機能動嗎？』

老實說無法確定。然而聽到他沮喪的聲音，明日香哼了一聲：「我會想辦法的。」

——對我們來說，到頭來也只能這樣了。

選在宛如能聽到她心聲般的時機，真嗣回道：『……我知道了。』

明日香在副螢幕上不斷放大電路圖，尋找能插入命令列之處。

「真理？聽得見嗎？妳現在滿足了嗎？」她一面操作，一面向真理搭話。

真理先行一步跳到成為巨獸(Wolfpack)的US EVA身上，與之融合——不，應該說是會合後，成為Wolfpack這個族群的主體了。

「妳是為了見這個大傢伙，才特意溜出箱根過來的吧？」

她稍待了一會——『聽得見。』

那並非聲音。游標在副螢幕上寫出文字。

『我——還沒滿足。』

「為什麼？」

『有個巨大族群——還沒感到滿足。』

「什麼意思——喂，真理，妳能幫我把黏在身上的NERV JPN的ＥＶＡ分離開來嗎？」

『我不知道。』

「啊？因為黏在頭頂，轉頭也看不見……妳該不會在說這種笑話吧？」

『我不知道妳說的ＥＶＡ範圍是從哪裡到哪裡。』

是因為融合而無法辨識個體？——還是混入「我」與貳號機當中的生命情報尚未完全過濾，仍是複數存在，才分辨不出貳號機與同樣呈複數存在的Wolfpack間的界線？

當貼著貳號機的Wolfpack轉向，明日香沿著反應爐輸出系統曲線移動的手指，便因為一陣惡寒停住了。「妳方才說有個巨大族群？」

她再度感受到全身寒毛直豎。

——不妙……那裡是方舟。

安士抖動著耳朵，能聽到貳號機繃緊肌肉的聲響。

「貳號機也討厭啊，畢竟我們遭遇了很可怕的事嘛。真理？那個才不是什麼族群呢！」

不對，或許全地球的生命情報，的確可以說是一個族群？

明日香才這麼想著，巨大的加速力便將她推向座椅。

「嗷嗚！」安土哀嚎著鑽到座椅下，在插入拴管內朝後方滑去。

「真理！那個不能吃！」

■朗基努斯

最終號機以備前斬出一擊，卻遭阿爾瑪洛斯用左手的龍頭狀護手甲擋下。雙方就這樣開始較量力氣，兩架巨人的影子在森林上僵持不下。

『已經——為下一個世界……做好準備了。』

相較於小光的阿爾瑪洛斯，真嗣的攻勢逐漸遲疑。

『這個世界……的未來沒有……理由。』

——真的有辦法透過說服解決嗎？

雖然我對明日香這麼承諾過——

『解決不了吧？』悲觀的思考開始滲入。

進一步來說，打得倒它嗎？

假設犧牲了小光打倒它，結果又會如何呢？根據箱根傳來難以置信的情報，這次將會是真嗣連同最終號機一起變成阿爾瑪洛斯。

他會像小光那樣被侵蝕心靈，淪為遵照敵人意志行事的傀儡吧。

什麼都沒有解決。

他的腦袋漸漸發燙，可是……唉，這個問題怎樣都解決不了。

儘管攻擊機Platypus 2雙座型仍穩定懸浮著，冬二的話卻變少了。

明明才在箱根誇下海口跑出來，還真是丟臉——不對，這種事根本無所謂，現在重要的是該如何才能救出洞木同學……！

『NERV JPN超級ＥＶＡ代碼的ＥＶＡ，快遠離阿爾瑪洛斯！』

突然，有人從幾十公里外的海上以通用頻率大喊。

「咦，是誰？」真嗣問道。

『等等，這是戰自代碼的——』

不待攻擊機Platypus 2上的冬二確定聲音主人的身分，這次是距離相對較近，戰自AKASIMA部隊的Platypus 2同型觀察機伯勞二號快速地插話。

『緊急通知ＮＥＲＶ最終號機，有六發砲彈正進行軌道修正！彈著——』

「哇！」

最終號機連忙以光翼跳開。

一直等待距離拉開的阿爾瑪洛斯，將步槍對準了它。然而——

『——就是現在！』

大地猛然竄起六道爆炸煙霧。

滾滾煙霧完全遮住阿爾瑪洛斯的巨大身軀，衝擊波甚至廣範圍壓倒了周邊的樹木。

『這裡是海自艦大和號，超級EVA代碼的你這傢伙就是最終號機啊？有來自箱根的貨物，我們將你們空運到小笠原的裝備運來嘍。』

由NERV通融了城市發電用備用反應爐的舊世界大戰古董，半個世紀以來除了禮炮外首次開砲。它從水平線對面的四十公里外，射來六發重達兩噸的現代化導引砲彈。

『評估轟炸效果——』

『也太亂來了！小光？』

伴隨著一片混亂的通訊，黑色巨大身軀從煙霧中衝了過來。

難道阿爾瑪洛斯毫髮無傷？

不對，它的左手不見了。

連同手上的巨大陽電子步槍，被只憑著蠻力的古董兵器給粉碎。右手則拋開留在拳頭裡的手槍握把。

『大家——都在……欺負我……』
還以為發出小光聲音的黑色巨人要撞向最終號機，下一瞬間卻化為無數ＱＲ紋章崩塌，宛如滑行於地面般地流動而來。
「唔！」
最終號機迅速拔起插在地面上的大太刀備前，往左右橫倒。
它將飛來的ＱＲ紋章打落，沒能打落的黑色鱗片用絕對領域震碎，穿過身旁流到後方的ＱＲ紋章群，則以伸長的光翼拍打。
「該死！」毫無手感可言。它們在地面流動之際是處於半轉移狀態嗎？
實在不想再被那東西給擊中了。
這次是從背後——ＱＲ紋章風暴掠過的方向傳來聲音。
『救救我——兒玉……姊……』
不該認為這句下意識的求救是難以忍受痛苦而發出的。
當最終號機連忙轉向音源之際，ＱＲ紋章已再度聚集，阿爾瑪洛斯自地面緩緩升起。
真嗣舉起備前，背後的大和號砲擊煙霧中卻有道巨大的——ＥＶＡ尺寸的影子緩緩站起。等他注意到時已經太遲了。
紡錘狀物體自煙霧裡飛出。

由毫無防備的背後猛烈擊中最終號機的側腹。「呃……！」

重達三千五百噸的最終號機在強烈的打擊下轉了一圈。至於消失在扭曲的視野邊緣的那東西是——

——投擲錘……糟了！

是Torwächter的武器。

看來小光以姊姊的名字召喚了阿爾瑪洛斯的隨從Torwächter，使它顯現而出。

真嗣望向阿爾瑪洛斯的背後，發現那裡長出了一塊作為黑色巨人特徵的背板。

那塊背板以轉移狀態伸長刺入地面，前端則將大型轉移結構的傳送管力場編織成鎧甲狀，形成中空的隨從。

曾是歐盟ＥＶＡ的存在率領著黑色隨從，阿爾瑪洛斯的形態正趨於成熟。

有著黑色鎧甲的Torwächter從爆炸煙霧當中走出。

被現任阿爾瑪洛斯的歐盟ＥＶＡ與小光打倒的前任阿爾瑪洛斯，據說是過去某個世界的真嗣與初號機。他也帶著兩個Torwächter。

雖然聽說它們曾以綾波與明日香的聲音說話過——

「現在可沒空理會空蕩蕩的鎧甲啊！」

再度避開繞了一圈飛來的投擲錘後，跪在地上的最終號機便朝著阿爾瑪洛斯猛力衝刺。既然出現的Torwächter是以投擲錘——用纜線連接的錘子作為武器，真嗣認為靠近阿爾瑪洛斯的話會比較有利。

正面相對的最終號機以不穩定的姿勢向前傾，阿爾瑪洛斯擺出要伸出左手的姿勢。

——為什麼是粉碎的左手？「！」

疑問霎時轉為不妙的直覺！長刀備前向著天空往上斜劈。

就在真嗣故意揮空，讓最終號機借助反作用力，以肩膀朝斜前方低空倒下的瞬間，纏繞在阿爾瑪洛斯左臂上的螺旋狀護手甲便宛如蛇或龍般伸長，刺向方才最終號機脖子所在的空間，掠過它的側頭部。

真嗣記得這股氣息。

「冬二！那該不會是Heurtebise所持有的『惡魔脊柱』……像是讓希絲機的領域侵攻銃凶暴化的武器——現在的模樣吧？」

壓碎地面前滾的他，利用一瞬間的光翼拉開距離。

「冬二？」

『真嗣——我被擊中了。』

看來是在方才阿爾瑪洛斯飛散移動時被擊中的吧。隨著霧氣散去而映入眼簾的Platypus 2雙座型N^2反應爐上，插著QR紋章。

『該死！你知道QR紋章會干涉N^2反應爐的事嗎？』

什麼？

「不知道啊！這種事就連資料也……」

『失去控制了，連逃生裝置也——』

「等等，我現在就……！」

正當最終號機要趕赴冬二身邊時，致命的話語自背後傳來。

『救救我——冬二……』「糟了……！冬二別聽！」

伴隨著話語裡的言靈，地面竄出了一條黑色帶子。

前端分裂成好幾條帶子，在包覆Platypus 2雙座型之後，就跟擰毛巾一樣開始將機體慢慢捏碎。

「冬二……哇啊啊！」

「嗡、嗡——」只見帶子的縫隙間漏出QR紋章的紅光，接著擴大為人型，整體化為修長的黑色鎧甲狀，最後從地面伸出的帶子部分則在身後形成一塊板子。

「——箱根CP……冬二他……成為Torwächter了。」

『箱根CP呼叫最終號機，你說什麼？再重複一次。』

「我說冬二變成Torwächter了！」

敵人並未放過茫然站著的最終號機。兩架黑色使者——Torwächter兒玉與Torwächter冬二聚攏身後的背板。當它們再度分離之際，那裡便開啟了四角形的「窗口」。

儘管利用了地下的大型轉移結構，卻未形成隧道，而會開啟直接連結風景的窗口，是Torwächter有兩架時的能力。久違的窗口連結至距離很近的島上方舟，幾架帶有翅膀的天使載體從窗口爬了進來。

總計六架天使載體在近距離突然出現，瞬間抓住最終號機的手腳並展翅飛起，再度穿越Torwächter所開啟，通往其他場所的窗口。

被留下的備前長船發出巨響，倒在一旁。

「真嗣！」呼喊他的人是明日香。

Wolfpack跳到了這裡。

■小光與明日香

率先展開攻擊的是Wolfpack。

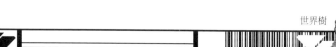

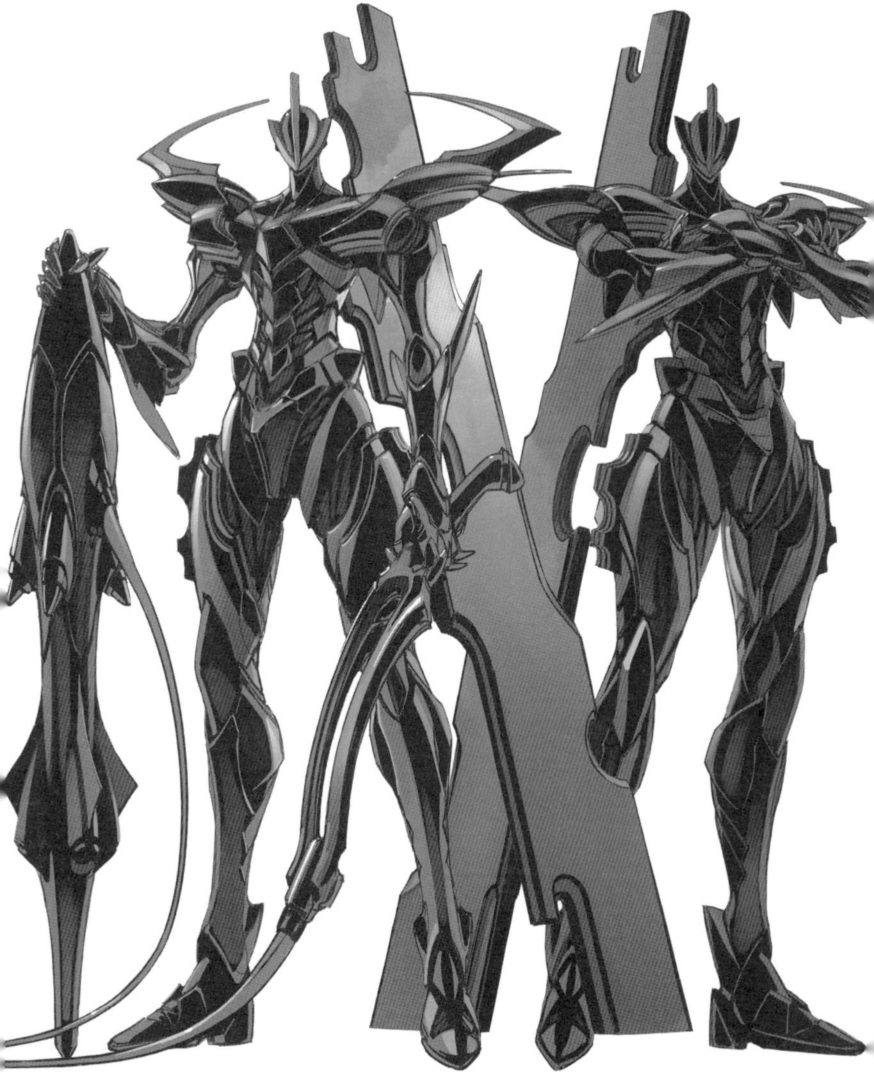

兩架黑色使者聚攏身後的背板。
當它們再度分離之際，那裡便開啟了四角形的「窗口」。

張牙後的牠，口腔內出現蒼白光環。這架前美國ＥＶＡ即使被空間透鏡分解重組，也沒有放開從雷米爾那搶來的荷電粒子砲。

蒼白閃光射出。

阿爾瑪洛斯伸出左手，並在龍頭狀的護手甲上形成領域，彈開攻擊。

Wolfpack一度閉起嘴巴，卻並非放棄。

當牠抖動著全身的毛再度開口之際，蒼白亮起的加速環竟然變成了兩層。

再度發出的閃光十分耀眼。

儘管阿爾瑪洛斯再度以左手的領域擋下，然而反作用力太強，讓黑色巨人踉蹌地大幅後退。

話說回來——

「兩個大男人居然連個女孩子都說服不了——小光！認得出我嗎？」

阿爾瑪洛斯以低沉的聲音呻吟。

『明……日……香……』儘管如此，依舊能聽出是小光的聲音。

然而纏繞在它的左臂上，猶如蛇一般的領域侵攻銃「惡魔脊柱」，卻朝著Wolfpack緩緩抬起脖子。

「小光，我想好好向妳道謝！」

貳號機貼附在奔馳巨獸Wolfpack的頭上，無法動彈。

被拉出的插入栓艙口並未關上，裡頭遭洶湧狂風吹亂頭髮的明日香大聲喊道。

「妳與妳的ＥＶＡ，和我的貳號機一起救了我很多次吧！」

既然真理——Wolfpack打算前往方舟，阿爾瑪洛斯理所當然地會擋在前方。

儘管舉動轉為攻擊，黑色巨人卻不知所措似的動搖了。

然後，它擠出了一句話。

『明日香的媽媽……在我的Heurte……bise和……明日香的ＥＶＡ……裡頭。』

「！」

在這瞬間，阿爾瑪洛斯發射了「惡魔脊柱」，一直警戒著它的Wolfpack當場——作勢跳起！並在假裝這麼做的瞬間趴下。「惡魔脊柱」射出蒸發量大於體積、閃爍著耀眼光芒的微型黑洞，帶著奇妙的相位光掠過巨獸頭上的貳號機。這一擊伴隨著伽馬射線等危險的輻射波長，將這些阻擋下來的領域在明日香頭上宛如撒落光粉般地閃耀著。

說不定就是這樣，明日香一直都這麼認為。

而今天，終於有除了她以外的親身經歷者說出了這件事。

她會相信的，哪怕對方成了阿爾瑪洛斯——我的摯友。

「謝謝妳。」

感動不已的她，自插入拴前方——核心方向感受到熱量。

Wolfpack這次縱身躍起，被固定在野獸身上的貳號機甩出雙手。

與此同時，操縱桿上產生了反饋，冷不防地將明日香握在上頭的手臂拉扯過去。

「咦？喔？」她連忙拉回操縱桿。

貳號機的雙手對操作產生反應，收回胸前的雙拳——「咚咚！」敲打了胸部裝甲。

——明日香恍然大悟。

「控制……恢復了！」

主要系統與周邊設備連動，開始收起插入拴。

在重新啟動的顯示器上，真理以文字告訴她。

『現在能看到妳的族群的界線，ＥＶＡ的模樣嘍——要走了嗎？』

「要走嘍。」

同步測試模式的顯示消失，視野變得開闊。貳號機開始扭動身體，一口氣揮下舉至頭頂的雙臂，掙扎著要拔出陷入Wolfpack體內的背部。

伴隨裝甲與生物組織被「嘎吱嘎吱」撕裂的聲音，劇痛蔓延開來。

儘管表情痛苦扭曲，明日香仍不放棄。

「真理，會痛的話就抱歉了……！」

構成Wolfpack的部分「族群」似乎對這股疼痛產生了反應。為了不讓貳號機離開，巨獸的背部以各種生物的模樣掀起波浪，糾纏而上，主顯示器畫面再度陷入混亂。

「汪嗚——嗷嗷！」趕走牠們的是安士。

『從人類身邊離開！』這個生物對野生提出警告。據說狗是背負這份責任、遠離野生的部分狼群所演化後的模樣。

轟隆隆！

Wolfpack宛如雲層的巨大身軀撼動空氣，自黑色巨人的上方飛越過去。

貳號機在上頭瘋狂地掙扎、扭動、拉扯身軀。

將彼此黏附的組織「噗滋噗滋」扯開後，飛越空中並翻了個身的Wolfpack便瞪著貳號機，掃倒後方的森林著地。

在牠前方一瞬間降下血雨，形成紅色的橢圓形地點。

明日香的紅色貳號機，以接近趴伏的姿勢降落在那裡。

紅色巨人緩緩抬起頭。

由Wolfpack頭部撕扯下來的背部上，附著它還是明日香ＥＶＡ整合體時，聚集成飄動長髮的N^2反應爐與宛如翅膀的重力子浮筒。

——N^2反應爐正在提供電源……無法辨識浮筒的部分啊……還算可以吧。

「明明直接過去方舟就行啦。」那邊才是妳的目的吧？明日香問道。

『我想問明日香方舟的吃法。』真理回答。

「哇～這也太討厭了吧～」

真嗣被「窗口」帶走；冬二變成Torwächter。

——我們家的男人們實在太不像樣了……

然而阻擋在眼前的是小光。

貳號機撿起真嗣掉落的大太刀備前長船。

「Excuse me～♪Achtung bitte♪我——惣流明日香・蘭格雷在ＥＶＡ貳號機上發出訊號，回到屬於我的位置上了。」

還來不及享受餘韻，一二〇〇公里外的指揮所便做出事務性的回應。

『箱根ＣＰ呼叫ＥＶＡ ０２，妳的訊號尚未加密，請使用規定的加密編碼。ＩＦＦ也沒有同步。』

貳號機可是被粉碎成光粒子後重新構成的再生體唷，明日香回道。

「大概是出了點偏差才沒有加密？給我同步信號吧。」

■小笠原群島

作為鄰近黃泉比良坂新島的基地營，戰自的AKASIMA部隊選上了距離最近，且能承受地球直徑縮小與重力下降造成異常潮位的小笠原群島父島。儘管NERV JPN也有相同的計畫，然而即使擁有福音戰士，他們的組織依舊過於精簡，能分配至外部的資源實在無法與戰略自衛隊相提並論。

春日二佐從預組的裝甲屋跳到只有鷹架的觀測甲板上。

「在哪裡！」

「在鄰近的兄島山頂附近。」

伴隨著嘶嘶風聲，他們以雙筒望遠鏡看到了四角形窗口。

「那是Torwächter的窗口嗎！在暫稱月之夜見島的遠藤他們是怎麼報告的？」

「據說他們前往島的另一側，救援南北美洲聯合部隊殘存的士兵——」

兄島山頂的窗口飛出了帶有翅膀的某種東西。

「ＩＦＦ是NERV JPN的ＥＶＡ最終號機！」

感覺就像是被用力拋出。

「呃啊！」真嗣被摔到灌木林台地上。

衝擊讓他清醒過來。

反彈後的他透過紅色模糊的視野望見的周遭，是海嗎？正確來說是位於數座島嶼相連的群島上方。

「——不是黃泉比良坂……！」

磁軌砲（Powered 8）從背後的固定器上脫離，在眼前彈起。

立刻伸手抓住它的最終號機滾動著，一面將槍口朝上——

伸來的是十二條手臂。

「什、什麼？」

真嗣一個勁兒地射擊，在炸掉先頭一架載體的頭部時轉向地面。

當他再度仰朝天空之際——只見屍骸天使們的白色翅膀彼端，天空呈現一片澄澈蔚藍。

而蔚藍天空的中央，有著在高度兩萬公里的軌道上靜止的巨大光弧——朗基努斯的前端。

「！」

呈L形轉彎的那把槍朝向這裡。

真嗣總算明白自己被強制移動的意義了。

看來Torwächter打算將他帶到朗基努斯能夠落下之處，亦即與新世界月球連著臍帶的胎盤黃泉比良坂新島外的地方。

過去的雙叉槍解開螺旋，如今已是環繞星球的一道細長閃爍的天之鋼絲。它瞬間加速，從天空落下。

「真嗣？」

貳號機上的明日香，注意到由黃泉比良坂新島南望的天空上呈弧形靜止於高空的朗基努斯之槍，突然急速垂直落下。

與方才最終號機被窗口帶走的畫面連結起來後，她全都明白了。

「箱根ＣＰ，真嗣有危險了！」

『因為碇同學……破壞了天上的透鏡。』

阿爾瑪洛斯化的小光說道。

『不再奪走碇同學的心臟……得摧毀才行。』

「不准你用小光的聲音胡說八道！」

——真嗣！

而這個場面同樣能在箱根觀測到。

「是父島群島，預測落點是小笠原群島的父島群島！」

「總司令！最終號機的ＩＦＦ訊號移動到父島群島的兄島上了！」
「你說什麼？」
正如明日香的推測。
「快呼叫ＥＶＡ最終號機！」
正與加持會面的美里在自助餐廳，冬月與作戰部人員們則待在指揮所。他們的耳邊傳來了遭六架載體壓住，正死命掙扎著的真嗣聲音。
『哇啊啊啊——啊！』
那是劃破天際的咆哮。
朗基努斯之槍轉眼間增加了速度與光芒落下。只能承受這一切的真嗣——聽到遙遠的幻聽。
……咚——……
彷彿某種存在落到某處的聲音。
就在他這麼想時，搶在槍落下之前，一道巨大黑影遮住了遭到壓制的最終號機上方。
——方才那是什麼聲音？
儘管美里感到疑惑，卻無法從終端機畫面的朗基努斯上移開目光。

但像是植物根部般的東西突然擋住了畫面，看不見遠方景象。

『來個人去處理攝影機！觀測設備的維護保養在搞什麼啊？』冬月在指揮所裡怒吼。

「指揮所怎麼了？」

自助餐廳窗邊的警備部人員嘈雜起來。「總司令！」

那並非緊張，而是在恐懼與困惑下請求指示的聲音。

宛如「根」的東西所擋住的，並非攝影機的鏡頭。

箱根的天上一望無際地布滿了像是粗大樹根的黑色結構，互相糾纏著覆蓋整片天空。

「這是什麼……」衝到露台上的美里望著天空，喃喃自語。

「這不可能！」大叫出聲的反而是SEELE加持。

「為什麼那會出現在三維空間……！」

■根中的地球

世界各地都陷入了相同狀況，根遍布著全世界的天空。

世界通訊的中樞——赤道上空的平流層通信平台——航行在「根」之間相當危險，於是將飛船繫留在平流層高度的「根」上。而當這些高空飛行船團的觀測資料陸續送達之際，人們總算得知世界各地的天空都同樣遭到黑色根狀物覆蓋的現狀。

——這是阿爾瑪洛斯的所做所為嗎？任誰都這麼想。

「嗚——哇——♪」

就連接收到任務，要壓制堅守不出的零No.特洛瓦機的小不點零No.希絲，也在能取得狙擊射角的火山臼西北方的長尾山頂上，以F型零號機的眼睛仰望空中的「根」。

根的主幹在高空中相互糾纏。

甚至還朝地面垂下無數略細的根，前端在接觸地面之前就朦朧消失了。

既不清楚朗基努斯怎麼了，也無法與最終號機取得聯繫。

指揮所開始收集導致這一切的「根」的解析數據。

「各地點都未觀測到重力變化！反倒是朗基努斯環施加在赤道上的重力子壓力減少，使應變率呈下降趨勢……」

「這怎麼可能！」

「那是實體嗎？」

「嗚——哇——♪」■

「雖然惡劣天氣與異常帶電造成航班減少，但世界各地有為數眾多的航空器遭到波及……」

「快拿氣象圖來！高空急流已經開始被那個主幹扭曲了。」

唯有冬月的驚訝與其他工作人員不同。他凝視著這幅光景。

同時宛如夢囈地喃喃自語。

「……紅色南極洋的不可侵領域——南極的世界樹……樹枝前端全都沉入另一個空間……難道那就是它的全貌嗎……？」

「源堂正是利用艦隊，從那裡將朗基努斯之槍給帶出來的呢。」

這句話讓冬月嚇了一跳。

頂部甲板背後的電梯開啟，SEELE加持就站在那裡。

「這就是世界樹——你們所說的大型轉移結構，連結補完計畫所有大地的道路。」

冬月大吃一驚。

「是誰允許危險人物進入指揮所區域的？」

「是我。」作為總司令的美里接著現身。

「一旦判斷有危險性，隨時都能射殺——不過這究竟是……？」

帶著自動步槍一同進來的警備部員也忍不住抬頭望去。

在顯示器上展開的，是箱根上空的全景畫面。

大型轉移結構。

讓天使載體、Torwächter、被ＱＲ紋章侵蝕的ＥＶＡ變異體卡特爾機，還有黑色巨人阿爾瑪洛斯等能自由地出現與撤退，任誰都無法看見的魔法道路。

以及薰在真嗣耳邊低語過，補完計畫這個舞台的地下通道。

所以就是它嗎？美里想起自己也曾被捲入轉移的經驗。

「但那是在地下——」

「實際上是在不算地下的其他次元就是了——它居然這麼淺顯易懂地展開在空中……」

看來這種發展對SEELE加持來說同樣出乎意料，他憤憤道出的這句話令人難以理解。

——淺顯易懂？

「這是縮短移動的空間構造，不具備三次元的面積，現在看到的算是印象的呈現吧。」

「也就是說……這是某人的認知嗎？」

妳總算明白啦——加持對此加以肯定。

「沒錯！有人確認了世界的寬廣！」

不，其實我還是不明白。美里原本只是想確認語句的含意，卻反而擴大了誤解。無視困惑的她，SEELE加持的憤怒達到頂點。

「有人展示了世界的一切！想去認識它！還真當自己是古羅馬的盧克萊修，朝人類的認知極限丟出長槍嗎！」

SEELE加持如此咆哮。

這回卻換成他讓眾人大吃一驚。

「……」彷彿對那個詞彙有著頭緒，指揮所內的所有人都安靜了下來。

「根」的確如加持所言包覆所有大地，當中也包括月球。

而其中一道「根」不僅通往月球與地球，甚至還通往核融合反應的大爐——在太陽表面上消失了。

世界樹瞬間顯現於全世界。不過綜合分析來自全世界的觀測紀錄後，能得知世界樹的出現有著些許時間差，面向太陽的一側比較早。看來從太陽伸來的那道「根」似乎就是導火線。

自己的位置與「世界究竟有多麼寬廣」——

當真嗣如此大喊後，最終號機便將產生的長槍投向天際。

聽完事情經過的SEELE加持，弓著背坐在ＮＥＲＶ提供的鋼椅上。

「那可不是補完計畫準備的長槍。說起來那個古羅馬哲學家在詩中吟唱的唯物論之槍，只

是探討由宇宙盡頭向『外』投擲的長槍能到達何處的提問。探索認知極限的長槍只存在於言語之中……」

突然冒出的巨大災難降臨世界，讓指揮所中層以下的甲板陷入混亂。眾人不僅得先確認最終號機的安危、落下的朗基努斯狀況，還要整理世界各地零星傳來的慘狀。

而頂部甲板則在討論個人認知論的話題。

兩邊給人的感覺差距太大，美里不禁耳鳴了起來。

──難道是創造了神話嗎？

SEELE加持嘆了口氣，接著說道。

「既然是第十三使徒渚薰所說的，大概就是這樣了吧。源堂的兒子啊……！這表示長槍飛到他的世界盡頭了。而他的認知極限究竟到哪裡，就去問問第三個人偶吧。」

「問特洛瓦？」美里稍加思索。「她與真嗣所認知的世界盡頭──指的是蘋果核嗎？你是說真嗣投出的槍飛到那裡了嗎？」

「若是認知之槍，甚至能超越光速才對。認知之槍抵達了太陽對側──他的認知極限──並將這個範圍認知為世界，也讓理應沉入世界內側的世界樹顯現而出了。」

『碇同學決定了在那之後的世界。』

聽著加持的說明，美里一面想起綾波曾說過的那句話。

「我們目前看到的這個，是源堂兒子的宇宙——碇真嗣的世界全貌啊。」

『箱根……P！這裡是EVA最終……機。』

「真嗣？」

美里驚訝地轉向顯示器，冬月則指示下層的通訊站。

「那些『根』對通訊產生了影響。要是通往小笠原的海底纜線還能用，就改以自治體的防災無線系統作為通訊中繼吧。」

「箱根呼叫最終號機。真嗣，你沒事吧？」

『——滋！目前還沒事……但這邊正與多架載體交戰中——』

聲音變得清晰了。

「這是戰自的通訊線路。」日向說道。

「AKASIMA隊小笠原臨時基地的春日二佐傳來通訊，最終號機正在兄島上空的根間與六架載體交戰中。」

儘管美里稍微鬆了口氣，卻不清楚問題對象的去向，於是問道。

「朗基努斯怎麼了？地震計也沒觀測到撞擊的跡象。」

『不清楚。』真嗣回道。『它在擊中我之前撞上了突然出現、像是黑色樹根的東西……全長數十萬公里的朗基努斯明明刺進去了，卻沒有貫穿過來。』

「SEELE先生？」

美里向加持問道。

「看來朗基努斯……是進入世界樹顯現的『流向』裡了。」

『真是的，這些根也太礙事了吧！沒辦法直線飛行。這到底是什麼啦？』

#6天空流轉

■流浪之槍

遭蝗蟲吞食一空、過去曾是廣袤綠色高原的蒙古大地，受到超乎想像的地震晝夜不分地連日侵襲著。

這並非比喻，劇烈震動導致大地扭曲變形，數月來的地殼變動，讓由河川侵蝕了數千數萬年形成的複雜地形碎裂寸斷。

這裡原本就接近地球各板塊交會的地幔冷柱。

自從朗基努斯開始壓榨地球以來，地殼變動便更加激烈。那些位於地幔的排水口上方，宛如落葉般的國家究竟怎麼樣了？如今已無從得知。

唯獨今天，大地一片悄然。

正確來說是在那些遮天蔽日的樹根出現之後。

不對，大地再度震動了起來。

遠方新形成的山脈開始發出山鳴聲——

正當人們這麼想時……

——轟隆隆隆隆隆……

轟鳴的並非地面，而是在空中展開的「根」。

當下斷斷續續響起的這道聲音，橫越了世界各地的天空。

朗基努斯正在根的內部飛行。

本來朝著ＥＶＡ最終號機從天而降的長槍，衝進突然出現在前方的「世界樹之根」裡。

理應在軌道上形成環狀、全長延伸至十三萬公里以上的長槍朗基努斯，不斷地穿梭在大型轉移構造某處。

■掠奪機關

「明日香！」

『怎——怎麼了？這……是……樹根？』

或許是受到天上出現的大型轉移構造影響，暫時降低了明日香自黃泉比良坂新島上傳來的訊號強度，讓箱根NERV JPN指揮所聽見的語音出現缺損，也無法看見影像。

「箱根ＣＰ呼叫最終號機！」

『……到——我立刻過去！』

儘管最終號機憑著這個奇怪現象避開了長槍直擊，事態卻依舊無法樂觀。

在此情況下，自世界各地關於世界樹的報告中發現某個共同點的青葉，姑且向總司令葛城美里報告了這件事。

「發現了只在『根』出現當時看到的現象。」

他將畫面傳送至指揮官位置上。

「有報告指出，從高空的網狀水平根上垂落，並模糊消失於地面的垂直根，正吸收著某種東西。」

影片當中，朦朧的大小塊狀物看似朝著同樣朦朧的根爬升而去。

「雖然形狀很像石頭或岩塊，卻不是吸收地表造成的——目前已不見這種現象。」

「？單憑這些實在讓人沒什麼頭緒呢。」儘管美里將此謹記於心，但目光立刻就回到戰況上。

此時，臉色大變的摩耶從整備室衝了過來。

「為什麼允許明日香啟動貳號機？」

冷不防地闖進指揮所的摩耶痛斥著美里。

出現在黃泉比良坂新島上的巨大機動物體——US EVA（Wolfpack）如今的模樣——背負著EVA貳號機現身了。雖然摩耶的確曉得明日香與冬二前去確認曾一度被分解為光粒子的那個存在……

卻萬萬沒想到她居然會在發現之後就立刻冒著危險搭乘上去，更別說是啟動與US EVA融合的貳號機了——

「伊吹博士，作戰執行之際，請避免在指揮所內做出會造成疑慮的發言。」

冬月小聲提醒。總司令則回頭看來。

「我沒有允許喔。然而以結果來說，本來動不了的東西啟動了，這不是很幸運嗎？」

大家都是這麼想的。

畢竟身陷與自詡為神的壓倒性強敵針鋒相對的最後局面，EVA貳號機的復活讓人類取回了一個抵抗手段。

「難道沒人覺得這種太過幸運的情況十分異常嗎？」

如此表示的摩耶連忙以戴著的耳麥呼叫管制顯示器。

「明日香！妳知道自己長時間被無數生命情報給擠壓，作為單一個體的生命還不穩定吧？快從EVA上下來！」
一會後傳來了明日香的回覆。
『別擔心，貳號機全身系統正常，我的生命徵象也沒問題，狀況反而好得有些過頭了呢。』
美里反過來問她。
「摩耶——妳在擔心什麼……？」
科學部主任指向貳號機的情態板。
「她現在可是穿著能強烈抑制同步率的奧利哈鋼纖維戰鬥服，卻依然顯示著高同步率，天知道會發生什麼事……不，也許已經發生了——」
『哇哦！』
明日香的聲音打斷她，告知事態的驟變。『——現在不是囉唆這些的時候了。』
影像逐漸恢復，顯示出臉上掛著「現在也只能笑了」這種表情的明日香。
『能看到我這邊的視野嗎？——發生了很驚人的事唷！』
在握著大太刀備前奔跑的貳號機視野裡，巨大如山的真理Wolfpack張開嘴，響起兩道轟聲。
荷電粒子的閃光並非以巨獸的俯瞰角度，而是以仰角——朝著天空射出。

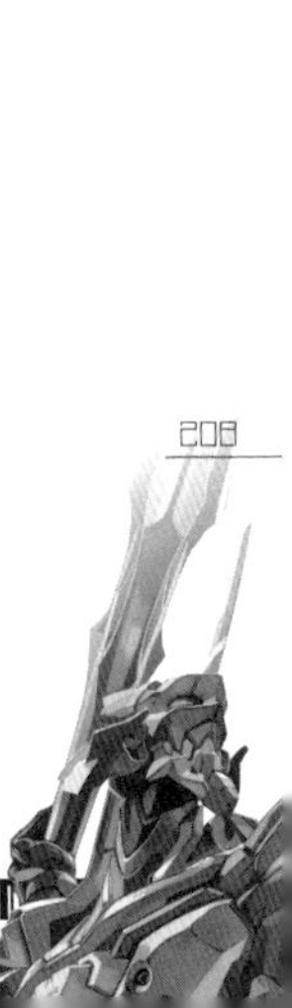

因為兩架Torwächter與阿爾瑪洛斯已自大地的枷鎖解放，飄浮在遍布著世界樹之根的天空上。

遮天蔽日的世界樹之根。

主根在高空水平擴散成網狀，垂下無數垂直根。

所有的根之所以不斷往西方移動，是相對於地球往東自轉的緣故嗎？

兩架Torwächter與阿爾瑪洛斯——三架黑色巨人如今則像是掛在主根垂下的垂直根上，飛舞於空中。

其中與阿爾瑪洛斯相連的根，有著和三年前補完計畫發動之際，在空中以光線畫出的「生命之樹」相似的複雜形狀，然而是黑色的。

「黑色巨人們的背板——原來是世界樹之根的前端嗎……」

「這到底是怎麼回事？」冬月驚訝地問道。

『就是人偶與操偶師的關係明確地顯示出來嘍？』

誠如明日香所言，兩架Torwächter看起來就像是垂掛在空中的操線人偶，經由根部受到阿爾瑪洛斯操控。

美里回頭看向背後被警備部團團包圍的SEELE加持。

「這就是——黑色巨人們的全體……系統結構吧？」

「不用再多做說明了吧？」加持表示。

「源堂的兒子將地底的世界樹給掛到天上展示了，黑色巨人與兩架黑色使者則是結在根上的果實啊。」

■懸絲人偶

「也就是說，從地面戰變成地對空戰全是笨蛋真嗣的錯嗎？」

明日香她們的戰鬥變得立體化了。

「小光……！」

以其名被叫喚後，阿爾瑪洛斯突然高飛遠離。

兩架Torwächter的攻擊模式，瞬間轉變為彷彿以繩子垂降般的立體戰鬥。

在空中飛舞的對手機動是很好預測沒錯，但那是指一對一的情況。假設遭複數對手中的其中一方以立體機動移動至背後，預測便會立刻失準。

明日香試圖從根的支點位置推算對手的機動，卻是徒勞無功，因為懸掛巨人的垂直根支點正在水平展開的主根上滑行移動。

「這算什麼啦——太狡猾了！」
況且似乎還會在碰到其他根時交換懸掛的主根或垂直根。
貳號機握著真嗣遺落的備前長船。
儘管很長，但畢竟是長度有限的刀。
對上會飛的對手未免太不利了。
『箱根ＣＰ呼叫ＥＶＡ貳號機，請設法抵達海自艦！他們有載運武器過去。』
『這裡是海自艦大和號，距離新島西南岸尚有十五公里，預定抵達時間是——』
太不像樣了。繼只能以拋物線升上軌道的０．０ＥＶＡ後，我的ＥＶＡ貳號機明明最早獲得了自由飛行能力，結果居然露出這種醜態……！
「該死！如果連能飛往月球的Allegorica組件都精準重現，我明明就能飛了啊！」
明日香氣得咬牙切齒。
——不對……奇怪……？
有種自己彷彿被吸入正仰望著的天際，背脊竄過一陣寒意的既視感。
——與ＥＶＡ融合時的「我」，好像曾經飛過……
當天上的兩架Torwächter配合彼此的擺盪節奏，重疊並再度分離之際，窗口又一次開啟。

三架天使載體從中湧出。

「有完沒完啊……！」

Torwächter的投擲錘穿越降下的載體飛來。明日香避開了這一擊——同時注意到在高空的阿爾瑪洛斯並未看向這裡。

「小光……到底在看著什麼？」

超硬緞帶由載體的繭中飛出，在擊中US EVA（Wolfpack）之前，明日香的備前迸出火花，擋下了這擊。

——裡頭裝的是塞路爾？這下麻煩了！

「真理，退後！」

貳號機將大太刀轉了一圈後靠在腰間，刀尖朝上。

它將絕對領域集中在刀尖，朝著天空猛然刺出備前，向天射出的領域彈開了一架落下的載體。

貳號機又旋轉一圈，捲起旋風的刀尖再度指向天空。它集中精神。

「哈！」

射出的絕對領域飛向並未看著自己的朋友。然而Torwächter的投擲錘飛來，使射線偏離方向。

「小光……！」

衝擊與閃光激烈迸發。

塞路爾載體射出零飛行時間光彈，遭Wolfpack展開絕對領域擋下，周遭飛散著令人目眩的光芒。

「——啊……！」

流彈自領域的縫隙間飛入，貳號機的背部劇烈燃燒，整架機體幾乎就要倒下。

顯示著數個錯誤的N^2反應爐即將緊急停止。

攻擊無法觸及阿爾瑪洛斯。

話語無法傳達給小光。

自身意志之所以無法傳達給小光，明日香認為是眼下的高度差造成的。

必須抵達那裡。

——我之前是怎麼飛起來的……？

「我現在好想要——那雙翅膀啊。」

明日香的左手不自覺地碰觸了位於戰鬥服領口，減壓拉鍊的解除按鈕。

「明日香，快住手！」

指揮所裡的摩耶向前探出身子大喊。

「現在要是解除妳與ＥＶＡ同步時的自我『防壁』，妳知道會變成怎樣嗎！」

島嶼對側，戰自的AKASIMA成功與南北美洲聯合部隊的殘存戰力會合。

儘管身處方舟附近，卻能免於遭受鹽化與獸化的救援對象，是啟動了N^2超重彈的方舟破壞部隊，以及三架空中攻擊武器載台。

包含AKASIMA在內，唯獨具備N^2動力技術的產物周圍能免受奇妙的獸化，也只有注意到此事的部隊作為人類倖免於難。

他們以飽和攻擊擊退了一架薩基爾型的天使載體。

然而沒過多久便再度遇上敵襲。敵人是爬行於地面，不斷改變形態的黑色「成為生物前的存在」。

它們其實是方舟洩漏的生物資訊碎片。

這群既非物質，也無法完全成為生物——可悲卻危險的襲擊者，以前同樣曾出現在箱根過。

雖說在方舟附近，但過去方舟位於只有乾燥岩石的北非山中時，並未發生這種宛如生命印刷錯誤而大量湧出的事態。

或許是因為這座島身為通往下一個樂園——月球的場所，「生命」的色彩太過濃烈吧。

面對這群不完整的生物，人類目前尚未敗北。地面部隊進行水平射擊，美軍的攻擊武器載台則彷彿空中砲台，猶如暴風般撒落貧鈾彈雨，接連不斷地擊倒黑影。

戰況時好時壞，他們勉強支撐下來了。

不過任誰都有種預感——倘若在這裡待上太久，即使不會鹽化或獸化，也很快就會「崩潰」。

當這座宛如美麗樂園的森林被超音速暴雨連同黑色怪物一起血肉模糊地粉碎後，盤旋在戰場上空等待死者的鳥群便紛紛降落，啄食屍體。

這些鳥群隨後則會被不輸戰鬥的巨響給驚飛，悽慘的大地一齊竄出新芽。

一旦暗紅大地生氣勃勃地萌發鮮豔動人的新綠，黑影便會踐踏它們，猶如波浪般再度出現。

就這樣不斷重複著。

「感覺快瘋了……！」

AKASIMA的砲擊手——上半身機動負責人嘀咕著。

「在海岸LZ（登陸區）展開的美軍攻擊武器載台，似乎從樹根間拖著補給物資過來了。幹得好——這邊剩餘彈藥為四十％。」

聽取導航偵察負責人的報告，被名為車長席的安全帶緊緊綁住的遠藤，將咬著的軟管食品一口氣吸乾。「蘋果口味……」

『這裡是巴西陸軍第三大隊。AKASIMA，感謝你們帶回了我們迷路的同胞。』

然而為了救出倖存者，他們不得不將負責戰區觀測和艦砲引導的伯勞一號、伯勞二號，從上空叫到低空作為攻擊機兼N^2反應爐保護傘，這讓針對阿爾瑪洛斯與NERV JPN在島嶼對側的戰鬥支援，僅限於一次艦砲射擊。遠藤對此感到擔憂。

「即使派無人機飛去，也會被像是大鳥的東西給吞掉。」

「交接完成——九點鐘方向！方舟又散發出那些紅色的東西了。」

根據觀測，那些紅色的生命情報粒子會在落地後變成黑色怪物。

「不，等等——不太對勁……」

遠藤以自己轉到其他方向上的潛望鏡型觀測攝影機望去。

方舟本身位於斷崖對側。雖然能看見紅色粒子由岩石後方飛散出來，那些粒子卻在化為一道奔流飛起後，穿過垂直根之間的縫隙往南飛去。

「AKASIMA呼叫NERV JPN機！請小心，從方舟飛出的紅色粒子聚成一團，朝你們那邊飛去了！」

■飛向光

回到距離小笠原群島上空北方數百公里的黃泉比良坂新島空中，真嗣正陷入混戰。

對手是將他搬到小笠原兄島的天使載體Ⅲ型。六架帶有翅膀的白色屍體緊追在後，怎樣都無法擺脫。

——都是天上的這些樹根啦！沒有這些的話就能一口氣飛過去了！

即使遠方的箱根指揮所表示，讓這些叫什麼世界樹的根出現的正是真嗣本人，他依舊難以理解。

說起來，這些黑色樹根給人一種非常討厭的感覺。宛如樹脂般光滑的黑色，是阿爾瑪洛斯的黑色，也是不具個人意志地被吸收操控的Torwächter顏色。

簡直是猶如惡夢般的體驗——

「！」

最終號機的腳被什麼給抓住了。

從背後載體的腹部繭中朝它伸出的，是隻極為粗壯，帶著鋒利爪子的手臂——這是哪個使徒的特徵？

還來不及想出對方的身分就被猛力拉扯——最終號機尚未穩住姿勢，便遭一旁衝來的其他載體以能量盾撞上。

「呃……！」

它被類似絕對領域的護盾撞飛了。

最終號機撞上布滿天空的「根」，巨大身軀在空中彈起。

「該死！」

磁軌砲(Powered 8)射出套著輕合金套筒的貧鈾彈打中載體，卻遭到護盾表面彈開，拖曳出一道彩色的離子雲。

儘管失去平衡，真嗣依舊把左手的小刀裝在Powered 8 CL的前端上。

「你這……！」

——怦咚……！

最終號機的「心臟」跳動起來，將微型黑洞量子傳送至小刀前端。真嗣隨即以熠熠發光的刺刀前端，猛力刺進抓住它的腳的載體。

由繭中伸出的手直接向最終號機抓來。既然如此！

輻射量大於吸收量的微型黑洞之刃閃耀著蒸發光，深深刺入繭中。

傳來刺中的手感……！但是——

「！」

那隻手臂的主人並未死去，抓住它的力道沒有減弱。

與此同時，載體使勁揮出本體的手臂，繞過身體的另一側，以前端帶有能量盾的杖狀武器襲來。

最終號機被這擊給猛烈擊飛，又遭擋住槍擊的載體自背後撞開，傳來的劇痛令真嗣頭暈目

眩。

——現在到底是什麼狀況？

它舉起刺刀擋在胸前，卻未遭受追擊。

眼前另一架載體並未透露繭中使徒的身分。

正值真嗣與這兩架載體纏鬥之際，其他幾架也追趕上來了。

三架載體由三方刺出的杖狀武器壓制住最終號機。

這使它無法動彈而墜落。

眼看海面就要逼近頭頂。

此時，摩耶的聲音跳過指揮中心，從箱根指揮所直接呼叫著他。

『真嗣，快回到明日香那裡！那孩子這次要憑藉個人意志與ＥＶＡ融合了！』

「！」

在天空布滿樹根的太平洋中央竄起了一道巨大水柱。

最終號機超過一百公尺的巨大身軀，維持猛烈的速度撞向海面。

然而下個瞬間，高高竄起的水柱便彷彿自下方被吞噬一般，海面在隆起白色圓球狀後突然爆開來。

——明日香，妳不能這麼做！

瞬間蒸發的海水在高溫電離下形成等離子體，氣體膨脹產生了驚人的衝擊波。後續三架載體在遭到波及後，霎時連同它們的護盾一起化為腐爛絞肉。

雷鳴響起，劈開等離子體雲刺出的是隻發光的左臂，手指伸直併攏的手刀指向天際。

而那隻手臂上串著兩架肩上QR紋章被高熱燒燬的載體。

手臂貫穿了載體腹部的繭。

「原來如此……！」冬月叫道。

「看似不死的載體，繭中的使徒幼體是以同時殲滅為條件的雙子使徒伊斯拉斐爾啊——」

當下卻沒有爆出歡呼。

因為接下來看到的景象實在令人太過震驚。

只見吹散湧現的雲層現身的EVA最終號機，左半身已然化為耀眼光芒。

「——我的天啊……」

看著從戰自的父島基地營傳來，因衝擊波而劇烈搖晃的攝影機影像，美里喃喃低語。

下個瞬間，只有半身的光之巨人便朝著海面墜落。它沿著墜落時發現的道路——貼近海面而看不到樹根的高度——往黃泉比良坂新島的方向消失無蹤。

儘管就連小型群島上都降下了大量的垂直根，卻未曾出現在海洋上。

倘若垂直根是轉移的出入口，過去確實不曾發生轉移至沒有地面的地點。

現身的ＥＶＡ最終號機，左半身已然化為耀眼光芒。

「——我的天啊……」

■

接著就是一直線了。

它在天空燒出一道火紅軌跡，隨即留下震撼特效，劃破大海飛離而去。

「終於要開始了嗎……？」

儘管那架在遠離攝影機的天空中飛行的機體尺寸無異於最終號機，然而就算只有半身，它仍是被稱為末日衝擊的光之巨人。

扣下扳機的自覺，讓摩耶坐倒在頂部甲板的地板上。

維持著驚愕表情緩緩轉頭的她，望向遙測傳來的最終號機情態板上，那架機體獨有的倒數計時器。

真嗣無意間消耗了餘命，他的固有時間已經剩下不到0・5秒了。

被壓縮的時間，正逐漸陷入第三次衝擊中。

■亡靈

位處第三新東京市邊緣的蘆之湖。

綾波零No.特洛瓦的0・0EVA帶走了朗基努斯複製品，依舊待在繫留於湖岸邊的玻璃蛋裡堅守不出。她以精神鏡像連結呼叫希絲。

——希絲，別管這裡了，快去黃泉比良坂吧。

『誰會對正瞄準著自己的對象說這種話啊？』

在聯繫著複數綾波的精神連結上，希絲噗嗤地笑了出來。

指揮所傳來的黃泉比良坂新島戰況相當激烈。在NERV JPN的ＥＶＡ中屬於最新型的重型戰鬥機體——希絲的Ｆ型零號機實質上正牽制著自己的狀況，開始讓特洛瓦感到煎熬。

「……」

她突然抬起在玻璃蛋內側注視著開口處的臉。

耳邊傳來了某種類似雜訊的聲音。

當特洛瓦意識到這點後，偵測到反應的ＥＶＡ便提高了感覺器官的聲音靈敏度。

——那是咻咻作響的背景噪音。

『——』

『吧……』

「？」

講話聲？隨著這種印象浮現，她漸漸覺得聲音像是遠方傳來的沙沙嘈雜聲。

方向是——咦？

是從玻璃蛋的內部，除了開口處之外的所有方向傳來的？

『——專注在——方的扭曲上，』

『……要怎樣——釋放出熵——』

那是含有某種意義的話語嗎？

『——無所謂。』

莫非是外頭的警備部等得不耐煩，採取了某種動搖心理的手段——

「！」聽到這句話的瞬間，零No.特洛瓦瞪大猶如紅寶石般的眼睛。

是認識的聲音。

「……碇司令。」

她不自覺地脫口道出那個名字。

『……』

「碇司令！」

受到湧上自己內心的感情驅使，她不禁大喊。

「碇司令！碇司令！」

即使事後問她為什麼要這麼做，或許她自己也難以解釋。

No.特洛瓦——基於本尊的記憶而認識對方的這個綾波零——只是求助似的大喊著。接著——

『——零……？』

回音真的回應了她。

『司令……？』

『膜在振動——赤城博——止作業……所有人不准發出聲音——』

突然開始說話的特洛瓦，得到了某人的回應。

正監視著堅守不出的犯人的指揮所人員同樣聽到了那個聲音。

指揮所目前將管制部署分為三個部分，其中兩個負責黃泉比良坂新島與周邊地區。而剩下的一個——負責說服堅守不出的特洛瓦機的指揮所人員鬧騰起來。

「她在和誰對話……是誰回應了？」

冬月降至中甲板，指示拿不定主意的工作人員。

「提高音量，過濾插入拴內的雜訊。」

『——零……送出的……初號機……那架機體有送到嗎？』

美里原本正專注於遠方太平洋的戰場上，卻因為闖入耳中的那道聲音而驚訝回頭。

「——等等……這是怎麼回事？將聲音轉到主喇叭上！」

冬月呻吟道。
「碇……」
那是碇源堂——前NERV所長的聲音。
待在指揮所中層甲板以上、認識他的資深要員們，確實聽見了他的聲音。
特洛瓦有些提高音調地回答。
『是的——碇同學……真嗣在這邊。』
想必她總有一天會明白，這是名為「懷念」的心理動搖吧。

「該不會是情報部擅自開始了欺騙作戰？」
「不可能——以物理層面來說……！」
日向回答了美里保險起見的詢問，並指著聲音傳來的方向。
「那看起來是玻璃蛋本身在振動，朝內側形成『聲音』。就我們目前的技術水準，照理說沒人能讓它產生振動——」
「摩耶，該怎麼解釋這個現象？」
包圍加持的一名警備部人員把手伸向仍然坐在地上的摩耶，協助她站起來。
「就假設那真的是碇前司令的聲音……」

朝著起身開始講解的摩耶，美里先對前提條件做了修正。
「碇司令他們被困在莉莉斯的時間停滯球內，目前應該在黃泉比良坂新島的地下吧？」
伊吹科學部技術部兼任主任點了點頭。
「那顆玻璃蛋是莉莉斯從上一個世界移動到現在的箱根時所留下的，亦即前一個時間停滯球的空殼——所以搞不好是無視距離的共鳴……」
「時間停滯球與停滯球的空殼共鳴？可是時間流動有著速度差……」
「或許是開始與『外部』同步了吧。這說不定是孵化的前兆——」
摩耶之所以突然沉默下來，是因為聽到了那個人的聲音。
『——機——勉強形成了奇點……儘管封住了，但在那個壞掉之前，你們有想辦法解決嗎？』
那是赤城律子博士的聲音。
『是的，伊吹科學部主任已經讓它穩定下來了。』
特洛瓦自然而然地回應，律子則報以充滿感慨的聲音。
『這樣啊——是那孩子……』
「摩耶？」
當美里回頭時，摩耶已經衝出指揮所了。

「聯絡警備部，告訴他們會有個身穿白衣、不要命的傢伙闖越玻璃蛋的警戒線，別去阻攔她！希絲也聽到了嗎？」

『好唷～F型零號機希絲收到～』

與敷衍了事的回答相反，綾波零No.希絲正從外輪山的山腹處，以領域侵攻銃「天使脊柱」隔著玻璃蛋的開口處，瞄準同屬綾波系列的特洛瓦機。

冬月驚訝地大喊。

「妳沒想過特洛瓦綾波會挾持伊吹博士當人質嗎？」

美里嘆了口氣。

「我不認為那些孩子們——無論是特洛瓦還是摩耶——會想到要用人命的沉重來進行交涉。無論是好是壞——她們都沒有認知到人類個體的價值。」

作為代替摩耶擔任技術輔助並針對異常現象提供意見的人選，美里將青葉的恩師叫到科學實驗室的顯示器前，同時讓日向將情報傳達給實驗室，一面繼續說道。

「她不過是去見懷念的對象罷了，就只是這樣唷。」

■紅的變化

遠處的真嗣正呼喚著她。

『最終號機呼叫貳號機——明日香！等我過去！』

明日香以右手的操縱桿讓貳號機揮舞單手握住的大太刀備前，同時將左手手指放在領口的減壓拉鍊上。

「小光——在看著什麼。那孩子要去某個地方了……」

她邊說邊大幅揮動右手。備前一砍向空中，傾斜材料的刀尖便「鏘」地彈開。

「現在要是不追上去，會被她逃掉的。」

她以備前打偏了Torwächter所揮舞的投擲錘軌道。

「我要上了！」

她按下頸部的解除按鈕。

在LCL裡，她專用的那套將奧利哈鋼編入纖維裡的戰鬥服拉鍊滑落，肩膀很快就因為樹脂收縮裸露而出。

「——呼……！」

只是稍微敞開戰鬥服，皮膚就開始發熱，使她察覺自己與EVA的聯繫一口氣提升了。

明日香的物理性肉體無法承受湧來的龐大生命情報，於是遭到分解而粉碎的記憶，帶著無止盡的痛苦。
然而不可思議的是，她並不害怕。
——就在那裡吧……
這架貳號機毫無疑問地寄宿著某種存在。
那是道至今多次給予她力量的影子。是它呼喚了小光，讓明日香得以回來的。
即使化為黑色巨人，小光依舊將這件事告訴她。
『明日香的媽媽——在我的Heurtebise和明日香的ＥＶＡ裡頭。』
——這樣就夠了。
咚！她將備前插在大地上。裝甲縫隙間溢出光芒，拘束器承受不住內壓，逐漸迸發飛散，變得站不太穩的貳號機倚靠在大太刀上。載體沒有放過這個機會，繭中的塞路爾以猶如薄刀片的單分子膜手臂襲向貳號機。
——唰！
紅色粒子之風霎時圍繞住貳號機。
那是由方舟溢出的生命粒子。
盤渦的粒子將一度彈開的塞路爾薄刀片手臂捲入其中——而那隻手臂既鋒利且柔軟，同時還很堅固的這點造就了不幸。手臂沒被扯斷，反倒使塞路爾幼體被猛烈的力量奔流從天使載體的繭

中扯出來了。
「噗滋噗滋！」與載體相連的生物組織遭扯斷。想必很痛吧，使徒幼體發出慘叫，同時以會在閃爍的瞬間命中的零飛行時間光線攻擊抵抗，光線卻被紅色奔流給吞噬了。
隨著使徒幼體從腹部被拔出，載體失去平衡，朝後方踉蹌退開。
接著，紅色漩渦中交叉出現兩條……不對，是兩片塞路爾的手臂，向著左右迅速揮出。
順著雙刀軌跡倒下的載體，上半身不自然地飛離。
斬擊逆向揮出了X。
最後由雙肩往左右穿出，粉碎上頭的QR紋章，敵人就這樣化為巨大屍塊。
巨人的下半身噴出大量鮮血，跪倒在大地上。而早在這之前，洶湧的紅色之風便已朝著天空吹拂而去。
兩架Torwächter立刻擋在前方，投擲錘自上方落下。
紅色之風再度以伸出的塞路爾手臂打偏攻擊，並在飛起的同時，讓紡錘狀的鎚子與連結的帶子自刀片手臂上滑過，在空中劃出一條長長火花。
塞路爾零飛行時間光線攻擊的閃光，閃爍於一旁伺機而動的Torwächter表面。下一瞬間，猛烈爆炸的效果便將巨大的黑色身軀給推開了。
『明……日……香……』

——咕啊嚕嚕嚕嚕嚕！

已逐漸與Wolfpack融合的真理無法言語，以咕嚕聲催促著明日香。這架龐大如山的US EVA高聲嚎叫，產生的絕對領域將紅色粒子之風一口氣往上推。

在這瞬間，明日香ＥＶＡ整合體出現了。

把纏繞的紅色之風全都吸進裝甲表面後，它熊熊一頭撞在失去平衡的Torwächter臉上。

Crimson A1。

那是過去貳號機為了保護明日香的個體性不受湧來的情報混淆，將那些情報覆蓋到自己身上的姿態。然而這次明日香卻是特意把這些情報召喚來的。

明日香與貳號機再度恢復成生命情報混濁的巨人形態。

它踏過撞倒的Torwächter，一腳踢開。

『真是——丟人呢……鈴原——你不是說——要保護小光嗎……？』

它竟以各種波長發出了「聲音」。

儘管這架ＥＶＡ整合體再度混合無數個體性，明日香的個體性卻沒有因此模糊。

光滑表面主張著她的「女性」特徵。

明日香的長髮就這樣化為Allegorica型機翼，朝著後方伸出。

——嗡！重力子浮筒發出嗡鳴聲。

而在明日香ＥＶＡ整合體伸出手的前方，被垂直根拉升至空中的阿爾瑪洛斯，正在水平展開好幾層的世界樹主根上望著西北西的天空。

它的身影彷彿順著奔流滑動般，逐漸沉入根裡。

『小光……！』

明日香追著阿爾瑪洛斯。

要開啟傳送通道理應需要ＱＲ紋章，但她自願成為不需要那個的存在——Torwächter。在分離為人類形態之際朦朧不清的記憶，隨著眼下再度變成ＥＶＡ整合體後鮮明地回想起來。明日香ＥＶＡ整合體的優美身軀隨即極為自然地滲入傳送奔流之中，從黃泉比良坂新島的天空消失了。

■替代

「它正看著這裡……為什麼？」

遭SEELE吞噬精神的加持突然喃喃自語。

「到底是在看著什麼——」他環顧起四周。

指揮所內混亂的通訊、情況不斷變化的顯示器——他的視線停留在其中一個角落。

位於蘆之湖，如今呈現小規模停滯狀態的玻璃蛋——

「葛城！」

加持的容器突然高聲呼喚美里的名字。見他向前踏出一步，兩名警備人員立刻上前制止。

然而他滿不在乎地大喊。

「立刻讓偷走朗基努斯複製品的碇的人偶逃走！」

聽到危險人物的吼聲，所有工作人員紛紛抬頭望向頂部甲板。

「？」美里與冬月看著他。

「你在說什麼？」

「黑色巨人要來這裡拿走朗基努斯複製品了！」

受到警備員拘束的他掙扎著向她訴說。

「由於朗基努斯從軌道上消失，導致目前地球的收縮與月球的膨脹停止。你們也看到大型轉移構造停止從地底運走地幔了吧——那是因為長槍施加的壓力消失了！」

隨著「世界樹之根」出現的景象。

看似被根吸走的東西是——

「！那些根本身就是無數由地球吸走血肉的針嗎？」

「我說過了，朗基努斯之槍是『世界再生』不可或缺之物！就算長槍掉進大型轉移迴廊，黑色巨人仍會前往取回，並再度將長槍放置於軌道上。本來應該是這樣的——」

「——你說本來……是什麼意思？」

「新阿爾瑪洛斯的附身對象……比起艱困地在量子轉移奔流中找回長槍，竟然偏偏在附近發現了替代品……！」

加持從警備人員的手臂間硬是抽出左手，指向玻璃蛋。

「——也就是朗基努斯複製品……！」

亦即綾波No.特洛瓦為了不交到SEELE手中，偷走的那把長槍嗎！

美里馬上做出反應，迅速轉身。

「特洛瓦！妳繼續守在那裡別出來，我們會立刻提供武器過去！」

她以耳麥向指揮所全樓層說道。

「發布警報！阿爾瑪洛斯要來了！」

冬月立即向中甲板與其他部署下達指示。

「警備部，解除玻璃蛋的路障，並通知行政機關，向全市發布疏散命令，開放避難所！展開武裝區域。」

「都市武裝區域展開。」

——乓♪

接續在警報聲後，ＭＡＧＩ以毫無緊張感的人工語音唸出標準化語句。

『已向第三新東京及箱根山火山臼全區發布第一級大型威脅個體警戒警報。』

「希絲！Ｆ型零號機即刻起取消任務，移動至市區進行迎擊準備。」

『好的～』

「我是要妳快逃，葛城！」

加持的聲音聽起來有些像是在對過去的戀人吶喊。

「也把情報傳給在強羅與大觀山新機場駐紮的戰自部隊，請他們協助吧！」

把手放在控制台上的美里回過頭，沉穩地說道。

「——逃？要逃去哪裡？有哪裡沒有世界樹之根呢，加持？」

「妳可是承諾過會把長槍還給我們的……！」

「警備部，替他安排個房間吧。」

#7瓶中船的歸還

■阿爾瑪洛斯襲擊箱根

警報聲響徹第三新東京市全區。

阿爾瑪洛斯即將到來。

成為SEELE容器的加持良治是這麼說的。

以青葉為中心，眾人例行公事般地應付著大量來自行政機關的詢問。

畫面上顯示著市區各處。雲影與陽光緩慢地在展開的都市武裝區域裡移動，其間人們排成隊伍，朝避難所方向行進。

望著騷亂不已的指揮所下甲板與市區各地的畫面，美里不禁思考自己是否操之過急？

畢竟指出阿爾瑪洛斯會直接現身箱根的，只有借用加持形象的SEELE。

「我想我留在這裡會比較好喔？」

被勒令離開指揮所的加持看似相當不滿。

倒不如說那副表情令人介意。

儘管身為一個總是面帶微笑的男人，然而自從成為SEELE後，加持微笑的含意就變了。變成一種彷彿只有自己知道世界構造，輕蔑全人類的笑容。而他現在既然笑不出來，便表示他如今同樣是無法隔岸觀火的當事人，況且還處於十分不妙的狀況。

這個SEELE表示，黑色巨人的目標是遭綾波中的特洛瓦帶走的朗基努斯之槍複製品，並對此感到恐懼。

『箱根ＣＰ呼叫特洛瓦機。特洛瓦機請在原地待命，不足之物會經由地下通道送上桃源台升降機——另外，伊吹博士過去妳那邊了，小心別踩到她喔。』

「——特洛瓦收到……」

阿爾瑪洛斯接近的情報，導致特洛瓦的反叛遭敷衍帶過。她在意見未被採納的情況下收到命令，繼續固守在玻璃蛋裡。

「……」

從那裡可見的市區正逐漸展開為武裝形態，圍繞在通往玻璃蛋的橋梁旁的警備部車輛，也聽從警報指示撤去封鎖。

取而代之的是一輛電動機車駛過橋梁。

透過準星確認對方的面容後，特洛瓦便以與各種地面用裝備一起增設於０．０ＥＶＡ上的外部揚聲器，喊出她的名字。

『伊吹博士。』

「特洛瓦，共鳴目前還在繼續嗎？」

停車之際，機車在鋪設的重機具用鐵板上滑倒了。

當車體伴隨摩擦聲倒下後，玻璃蛋內便只剩０．０ＥＶＡ的外裝型S^2機關驅動聲，以及從開口處流入的微弱警報聲。

此時響起的——

『是摩耶嗎？』

是向被拋下的摩耶搭話的聲音。

她不可能忘記。

摩耶搖搖晃晃地起身。

「學姊……！」

既是她身為科學家、技術人員尊敬的前輩，也是她所厭惡的女人本性象徵——赤城律子。

「學姊、學姊！——赤城學姊……！」

為什麼自己得投入ＥＶＡ技術的研究？

為什麼得為了參與技術開發與許多人打交道、達成共識，甚至承擔起斥責他人的責任？
三年前，由於能夠依靠的對象消失無蹤，她甚至改變了自己的生活方式，直至現在。
——全都是因為學姊不在了……
然而如今只讓人覺得懷念，摩耶大喊著。
『我聽得……見喔，摩耶——你們那邊的時間……似乎比這邊快了三年……我們根據出現的初……機得知了。』
玻璃蛋的壁面振動起來，傳達著不在此處者的聲音。
他們如今正在太平洋上——黃泉比良坂新島地下岩漿池的時間停滯球裡。玻璃蛋是時間停滯球過去的外殼，目前似乎與重新運轉起停滯時間的停滯球內部產生了共鳴。
『我想聽聽妳的見解，「伊吹博士」。』
摩耶疼痛不已的背部彈起來似的迅速挺直。
沒錯，我在三年前繼承了這個人的位置。
「注意！上空樹根出現異常扭曲！」
「有奇妙的震盪從國際觀測臨時編號２０１號根朝３１６６號支根過去了！」
同樣覆蓋箱根上空的世界樹之根其中之一正微微波動著。

那道扭曲沿著樹根朝箱根上空衝來，情況與長度超過十三萬公里的原版朗基努斯通過上空樹根中時十分相似——

嗶！警報突然響起。

「量子流動傾斜儀有反應！觀測到α衰變，存在機率迅速上升！」

「黑色巨人要來了……！」

喃喃自語著的，是正要被警備部人員從指揮所帶走的SEELE加持。

這番話讓冬月大吃一驚。

「——等等！太快了！」

沿著遮天蔽日的樹根衝來的扭曲隆起成人型。

「AI／MAGI發出警告！樹根表面變形！相符形狀——是阿爾瑪洛斯！」

「它已在火山臼內了！就在早雲山上空！」

乘著樹根內部的傳送流，黑色巨人一口氣抵達箱根上空。

從黃泉比良坂新島，在轉眼間越過一千公里以上的距離到達。

空間轉移本來應該是近乎瞬間的旅程，但現在既然像是覆蓋世界的高速公路般出現在三次元世界，移動自然也會受到物理定律影響，需要更多時間——青葉恩師的這種預測失準了。

美里看著情態板上尚未完成展開的都市武裝，下達命令。

「迎擊！」

第三新東京的武裝區域，一齊朝天之根那黑色表面融化滴落般漸漸隆起人型的角落開火。

沿著樹根滑來的隆起毫不在意集中的砲火，自上頭如蜘蛛似的垂下。

一道強烈萬分的閃光擊中了它。

那是來自小不點綾波零No.希絲的F型零號機「天使脊柱」的攻擊。

『美里！那傢伙的領域……有奇妙的晃動！』

理應對領域有效的領域侵攻銃無法穿透。

「老師？」

被美里問到的學者答道。

「既然是阿爾瑪洛斯——或許是以它特別大量的ＱＲ紋章各自發出領域，形成立體性的防護網格吧……！」

看來遠距離狙擊行不通。

「希絲機，前進至格鬥戰距離！」

『收～到——哇！』

回應突然轉為尖叫，是因為從垂下樹根、開始滑降的阿爾瑪洛斯那裡飛來了某種東西。

為了移動而以重力子浮筒浮上空中的F型零號機——立刻揮動「天使脊柱」的槍管，擊碎襲來的物體。
鮮紅的晶體碎片化為粉末。
「是QR紋章！別被擊中了！」
『我知道。可是……！』
被反作用力撞向本想離開的大地，F型零號機勉強以四隻腳踏穩在山腹上，使山腹隨之崩塌。
重疊在主顯示器上的0．0EVA（特洛瓦機）通訊視窗開啟。
『我以朗基努斯出去迎擊。』
將即使輕輕放下仍發出「咚！」巨響的伽馬射線雷射砲，換成朗基努斯之槍複製品後，摩耶頭頂上的0．0EVA（特洛瓦機）以雙手握住。
異變在此時發生。朗基努斯之槍複製品的螺旋部分突然膨脹，兩道槍尖之間發出閃光。
而以指揮所的視角來看，主顯示器上0．0EVA（特洛瓦機）的通訊視窗突然關閉，就像是她單方面切斷了通訊。
針對特洛瓦的舉動，在催促下正要進入電梯門的加持突然轉身。

事。

「不行！這樣正中那傢伙的下懷啊！」

即使遭到警備部人員制止，他依舊大喊著。

「抱歉，等等再把他帶走吧。」

指示要隔離加持的美里撤回命令。

「特洛瓦，妳留在玻璃蛋裡！黑色巨人的目的就是那把槍！」

指揮所——不，所有人都全神貫注在漸漸落下的阿爾瑪洛斯身上，錯過了玻璃蛋內發生的事。

畢竟在這段期間，阿爾瑪洛斯正準備降至箱根的地面上了。

希絲突然感受到一陣令人作嘔的惡寒。

一股超乎尋常的負面感情對準了她……不對，應該說是瞪著她。

而當小不點希絲對此做出反應，朝一旁蹬地跳開的瞬間……

——轟隆隆隆！

掠過F型零號機的那股力量，將直到方才仍聳立著的長尾山頂一帶山壁給炸毀。

「什麼？」

指揮所也目睹了第三新東京市西北側的外輪山被削掉一大塊的景象。

「攻擊是來自敵人的領域侵攻銃嗎！」

「你是指阿爾瑪洛斯還是歐盟ＥＶＡ時的特殊裝備『惡魔脊柱』？」

山體的一部分遭到內爆吞噬，反作用力產生的衝擊把周圍夷為平地。巨大蕈狀雲捲起的砂土抖落第三新東京市區。

為了將絕對領域作為強力火砲，希絲使用的「天使脊柱」把要裝備這項武器的機體——Ｆ型零號機的右手右腳組織埋入了槍管中。

相對地，阿爾瑪洛斯——歐盟ＥＶＡ（Heurtebise）——的「惡魔脊柱」則使用了整條廢棄脊椎，可說是一架以ＱＲ紋章驅動的ＥＶＡ。

儘管核心精神遭到嚴重扭曲，它卻也以此為代價獲得了相當於實驗武器Niall的威力，是個可怕的武器。

「７３６號線隧道完全燒燬！」

「真是個棘手的武器啊……！」

『即使如此……！』

希絲毫不退縮。為了不讓城市區域被擊中，Ｆ型零號機飛到比山稜線還高的位置，開始前進。

『既然知道會被射擊，總有辦法應付的……！』

然而，阿爾瑪洛斯早已像是以身後兩塊背板懸掛在樹根般降落，即將踏上箱根火山臼的大地。

『不准……去那裡。』

「！」

「——方才的聲音是……！」

箱根火山臼內的所有人，都確實聽見了那道已然不是聲音的波動。

『別想踏進……我的家！』

由空中樹根上響起的那道聲音是——

「明日香？」

隔著觀測視窗，美里看到塞路爾的手臂追著正要降落的阿爾瑪洛斯，從「樹根」裡伸出來了。

「咦？」

如今明日香EVA整合體（Crimson A1）已經獲得了那項情報——塞路爾使徒那雙薄而銳利的觸手。那隻觸手纏在阿爾瑪洛斯的右手臂上，強行將它往上拉扯。

上空的樹根表面隆起，浮現明日香EVA整合體的模樣。

它宛如異常快轉的影像般自東方天空乘著蜿蜒的樹根出現，以伸出的帶狀手臂抓住阿爾瑪洛斯，同時用驚人的速度穿越西方天空。

比EVA大上兩圈的阿爾瑪洛斯輕易遭到抬起。

那股力道源於樹根內部流動的傳送流本身，即使是阿爾瑪洛斯也無法抵抗到底。被迅速往上拉走的它，在上空的粗壯樹根表面消失了。

彷彿在水流中載沉載浮，阿爾瑪洛斯與明日香EVA整合體激烈交鋒，一面不時於樹根表面上忽隱忽現。

「明日香！」

面對呼喚自己的零No.希絲，與EVA融合的明日香以毫無起伏的聲音回應。

『幫我向──真嗣傳話……要他想辦法處理……冬二那個笨蛋──』

「！可是他們說冬二已經在黃泉比良坂變成Torwächter了！」

『我知道──叫他留意一下外頭的情況……』

在樹根裡被傳送流沖走的兩架巨人，轉眼間遠離了箱根。

「明日香幫我們爭取了時間。」

「沒有多久就是了。」加持說道。

「只要沒有走錯路，它很快就會再度出現的。」

「玻、玻璃蛋內部——出現異變……！」

外部觀測員大喊。眾人頓時將目光集中在由主顯示器移動至一旁的小型畫面，上頭顯示著最大直徑六六六公尺的巨蛋。

「——為什麼變黑了……？」

玻璃蛋內部看似變得一片漆黑。

儘管壁面宛如毛玻璃而無法看清內部，但從湖底拉到岸邊後，理應能望見在玻璃蛋內部架設的多層結構地板，以及支撐用的梁架。

當眾人因為阿爾瑪洛斯出現而轉移目光之際，到底發生了什麼事？

內部的零No.特洛瓦與摩耶究竟——

美里連忙朝著玻璃蛋呼喊。

「特洛瓦機，報告狀況！」

『——』

得不到答覆的指揮所陷入騷動。

「這是什麼時候發生的！」

中甲板的青葉朝著下甲板操作員大聲吼道，對方連忙回放紀錄影像。

「巨蛋大約是在20秒前變黑——」

就在這時，本來關閉的特洛瓦機通訊視窗於主顯示器角落閃爍出現——一度消失後又再度出現了。

『——咻——．0EVA……沙沙……EVA機呼叫箱……根CP，請回答——再重複一次……』

那道訊號傳來的聲音，反而是特洛瓦在呼喚著他們。

像是對面失去了我方位置。

「這裡是箱根CP。」

「特洛瓦，發生了什麼事？」

『從蛋殼內部看到的「外部」景象，在18．7秒間變成了另一個地方——是一片橘色的光……』

『我是伊吹——指揮所，聽得到嗎？』

同樣身處玻璃蛋內的摩耶，經由自己的耳麥直接呼叫。

『根據輻射溫度計的波長換算，蛋殼內壁所顯示之處的溫度是九百度到一千兩百度——而在這段期間裡，開口處也消失了……』

「從外部看上去，蛋殼內部也變得一片漆黑呢。」

『意思是指有某種影像顯示在玻璃蛋殼上嗎？』

「——說不定……」美里表示。

「或許妳們實際上的確造訪了某個地方。」

聽到總司令的奇妙發言，指揮所人員紛紛抬頭望向頂部甲板。

「快看。」美里伸手指著。

只見由湖岸搭建至玻璃蛋開口處的橋梁脫落，湖面上則擴散著逐漸遠去的同心圓波紋——

「玻璃蛋大幅度地上下浮動過嘍。」

冬月瞪大了一邊細長的眼睛。

「難道妳是指……內部質量互相交換——又再度恢復了嗎？」

「如何，SEELE先生？」

「……新島岩漿池裡的莉莉斯之蛋——你們所說的停滯球——正逐漸解除時間停滯狀態，這點你們也預料到了吧。」

一臉不悅的加持看似不甘願地說道。

「新島的新蛋與箱根這裡的舊蛋殼產生共鳴，一度造成了各種置換現象。你們能和源堂他們對話吧？其實呢——這種置換現象不限聲音。」

「咦？」
這時，中甲板傳達了戰場移動的消息。
「根據聯合國救難軍——東亞方面部隊的聯絡，阿爾瑪洛斯與Crimson A1將從日本海進入大陸上空的樹根。」
「持續追蹤！」
向下層如此傳達後，美里將椅子轉向加持。
「——巨蛋之所以會在那時變黑，該不會是這裡與新島的巨蛋內部一度互相交換了吧？」
「實際上就是這樣嘍，畢竟你們家的科學部主任說她看到了新島岩漿的光芒。」
「……太難以置信了。」
冬月只能這麼說。
「等等——先暫停一下。」
把手按在太陽穴上的美里搖了搖頭，隨即抬頭詢問加持。
「能讓這種置換現象固定下來嗎？」
「不可能，這終究是共鳴而已。」
加持乾脆地否定了。
「這次只是空間本身一度置換了。儘管在歷代SEELE的記憶中也未曾有過這種事例，但那就

是極限了吧。想再進一步干涉的話，便必須將因果律——」
此時，正發表長篇大論的加持突然安靜下來。
「？」
在美里與冬月的注視下，加持的肩膀抖動起來——他在笑？
「——是朗基努斯複製品啊……好吧！」
再度喃喃自語後，成為SEELE容器的加持便重新取回那抹膽大無畏，且令人有些惱火的笑容了。
「我就提出一個雙方都能接受的妥協方案吧，NERV JPN總司令葛城美里。」
隨著新警報猛然響起，行駛在圓環軌道上的重裝甲司令部建築頓時停止，各階層陸續有人跌倒，事故發生與損害管制的標誌彷彿滲出的鮮血般在設施地圖上擴散開來。
斷斷續續響起了嘎吱嘎吱的振動與破壞聲。
照明切換至緊急電源。
「下方階層遭到零No.卡特爾的ＥＶＡ變異體侵入！司令部單位的腹部被打破了！」
「怎麼會……！它是從哪裡潛入的？現在明明能在天上看見傳送迴廊……！」
以座椅靠背支撐身體的冬月轉頭看向加持。
「它是假裝轉移至遠處，再潛入到地下了吧？」

當佇立原地的加持將雙手插進口袋，咧嘴笑起的瞬間，背後的電梯井壁便伴隨著巨響被撕裂了。

混雜著飛散的碎片與高硬度似曜岩混凝土的煙塵湧入指揮所內部，四處飛揚。

反應過來的警備部人員為了制伏SEELE加持而當場開槍，但那些子彈全被覆蓋加持的巨大手掌給擋下。

「EVA變異體！」

亦即過去的0・0EVA No.卡特爾機，融合武裝與天使載體的翅膀於一身的醜陋奇美拉。

被它以手掌捧起的加持……不，是SEELE做出宣言。

「你們將得到三年前失去的亡靈與他的城堡；我們SEELE則會與欲前往新世界月球的莉莉斯一起帶走朗基努斯之槍複製品。」

■黃昏的另一邊

「當時確實──」

在玻璃蛋內的空間與橙色世界交換前，摩耶曾目睹特洛瓦機握在手上的朗基努斯之槍複製品解開了螺旋部分，證實加持的說法。
「只要以ＥＶＡ持續釋放長槍的能量助長共鳴，或許就能讓空間交換。」——見得到學姊嗎……？
然而成年人的理性立刻壓抑了這份感情。自己作為科學部主任，是否有哪裡疏忽了？
摩耶略顯激動地往外看去，卻只能望見長尾山頂一帶的森林大火與基地方向竄起的黑煙，沒看到正逐漸接近的ＥＶＡ變異體。卡特爾機是從地下過來的。
「——之所以能聽見對面的聲音，或許是停滯球從漫長的時間停滯狀態中恢復，導致存在機率不太穩定，才會被以前的停滯球外殼，亦即玻璃蛋這個近似值給吸引……」
「咚咚！」巨大的震動聲響起，希絲的Ｆ型零號機在玻璃蛋附近著地。
『所以該怎麼做才好？』
希絲問了最關鍵的問題。
『要放手讓加持與卡特爾去做？還是阻止他們？』
儘管遭到破壞，指揮所仍勉強維持了處理能力與指揮機能。
冬月隔著防塵口罩發出指示。
損害管制小隊與從整備室上來支援的工程師們，忙碌地在各處拉著電纜與管線。
——好處是什麼？

能讓阿爾瑪洛斯想來拿走的朗基努斯之槍複製品遠離此地。

碇源堂與赤城律子等困在舊本部設施的工作人員回來的可能性。

那麼壞處呢？

人類唯一能運用的朗基努斯之槍將從手邊消失。

得把一架使用長槍的ＥＶＡ送到黃泉比良坂的停滯球——那個灼熱與高壓的地獄當中。

衡量利弊後，美里用手臂擦去臉上的灰塵，下達命令。

「幫我連上卡特爾機。」

日向開啟了０・０ＥＶＡ時代的通訊協定。

「請。」

「我方才忘記問了，莉莉斯會怎樣？它到這裡來的話加持會很困擾吧。」

隔了一會，加持的聲音答道。

『無須擔心。莉莉斯與新世界的緣分已逐漸鞏固，藉由黃泉比良坂新島的停滯球發射至月球上已成必然，即使將蛋黃蛋白通通交換，唯獨那顆巨蛋的胚胎不會移動。』

如此一來，只剩下不曉得發展是否會如加持所言的擔憂。然而她藉此理解了。

SEELE的目的跟我方最初的好處一致。

於賽普勒斯寺廟地下找到的遮光器。

那是沉睡著基爾議長靈魂的遺物。

是理應不會在這個邁向毀滅的世界裡再度甦醒的存在。

在加持戴上遮光器後甦醒的基爾……不，SEELE只有一個意圖。

亦即在人類補完計畫的下一個農作季節來臨前，不讓我們這些倖存的人類，以及儘管擁有能控制星球的超絕能力，卻只是個粗糙系統的阿爾瑪洛斯等黑色使者們，把他們所準備好的農具弄得亂七八糟。

被SEELE占據靈魂的加持，這次肯定會和莉莉斯一同離開吧。

——永別了……良治。

——好了。

美里抓起放在控制台上的耳麥。

「希絲，即使卡特爾機出現也不要攻擊，讓她過去。」

『那個——……希絲機收到……』

「特洛瓦，一將朗基努斯複製品交給卡特爾機就離開玻璃蛋，明白了嗎？」

『……恕我無法遵命。』特洛瓦說道。『——這個計畫是有去無回的……』

特洛瓦察覺美里打算與加持訣別了。

『哇！』

希絲的F型零號機被突然從水面伸出的手拉住而踩碎岩壁，跌入湖中。
激起盛大的水柱後，水中出現的並非希絲機，而是ＥＶＡ變異體卡特爾機。
『是誰從基地的地底下，挖出一條通往蘆之湖的大洞的啊～』
『啊——是我？』
看來卡特爾機是經由希絲以「天使脊柱」打通的洞穴，從浸水的地下出來的樣子。
ＥＶＡ變異體卡特爾機迅速上岸。儘管它在玻璃蛋的開口處前左右移動警戒著射擊，抬起壓低的身軀後卻毫無防備地佇立原地。
這是因為她在內部發現了伊吹摩耶博士。對於立場由堅守不出轉為絕對防禦的特洛瓦機，指揮部送來的武器是伽馬射線雷射砲。卡特爾認為這把武器的效果範圍太大，一旦腳邊有人，特洛瓦便無法開砲。而實際上也的確如此。
玻璃蛋內部的特洛瓦機以朗基努斯對準ＥＶＡ變異體。
『把它交給我吧，特洛瓦。』零No.卡特爾說道。
既然不打算在對方通過狹窄開口處時以長槍刺去，特洛瓦只能退開一步。
『即使一切順利，妳也很有可能再也回不來了，卡特爾。』
『這樣不是挺好的嗎？雖然是因為連同機體一起受到阿爾瑪洛斯的鱗片汙染，我才會背叛ＮＥＲＶ，但我也討厭這個世界。』

「特洛瓦，一將朗基努斯複製品交給卡特爾機就離開玻璃蛋，明白了嗎？」

『……恕我無法遵命。』■

卡特爾機就這樣穿過開口處，進入玻璃蛋內。

『卡特爾——妳比我更有「活著」的感覺。』

持續前進的它，胸口即將撞上朗基努斯之槍複製品的前端。特洛瓦下意識地收回手臂。

而卡特爾沒有放過這個機會。

『我想妳大概是誤解「活著」的意思了……！』

以領域「咚」地彈開長槍後，卡特爾機在自身前方展開黑色肩翼遮住特洛瓦機的視線，撞了上去。

與此同時，它也已經握住長槍了。

『希絲？快將伊吹博士帶走！』

聽到卡特爾向希絲喊著，摩耶這才意識到自己的處境相當危險。

她避開遭巨人們踏穿的甲板，朝開口處跑去

頭頂上的卡特爾機則將長槍拉往自己。

『看到妳那張與我相同，到現在卻都還覺得自己能取代他人犧牲，就算消失也無所謂的臉，感覺很討厭呢。明明我們每個綾波零都已經無人能替代了啊。』

希絲機靈巧地以具備自由關節的「天使脊柱」槍管彎曲插入玻璃蛋，並在摩耶站至橫放的刺刀上後，將她帶到蛋外。

特洛瓦機同樣沒有放開長槍。

『我並不認為自己就算犧牲也無所謂。碇同學替我挑選了「顏色」，之後我想親自去尋找適合那個顏色的衣服，在那之前我都不打算死。』

『既然如此……！』卡特爾機把拉來的長槍推了回去。

向後失去平衡的特洛瓦機連忙將重心大幅移到前方。

而卡特爾機則盡可能地壓低姿勢，以背部往上抬起前傾的特洛瓦機。

『既然如此，就把這裡讓給我吧！』

隨著卡特爾將特洛瓦的０．０ＥＶＡ摔出開口，ＥＶＡ變異體也成功搶走了長槍。

「我們開始吧。」

「哎呀哎呀，這究竟是在演哪齣鬧劇還是儀式？」

在卡特爾機的插入拴筒內躺著的加持坐起身。

他的話中帶有「接下來無論誰去都一樣吧」的含意。

對這個SEELE來說，特洛瓦與卡特爾——兩個綾波都是碇源堂為了達成補完計畫所製造的妻子人偶，除此之外什麼也不是，不管哪個看起來都毫無差別。

——實際上卻有著許多差別唷。

卡特爾咻咻笑著。

「怎麼了？」

「沒事。」

好了，如今我是否感到自豪了呢？

ＥＶＡ變異體揮動長槍，使玻璃蛋內的空氣嗡嗡作響。

卡特爾想像著力量從腹部至胸口，再從胸口流向手臂，產生絕對領域。

朗基努斯之槍複製品的螺旋部分突然膨脹，內部產生光點。

「這把長槍到底是什麼？」

「長槍形態的朗基努斯能做的事情相當單純——連結因果，以及斬斷因果。不過效果是絕對的，即使對上會毫無分別地產下生命的莉莉斯，一旦刺進這把槍就能停止它。」

「因果？」

「亦即由原因到結果的過程，世間萬物都具備這種關係，就連這個蛋殼之所以會開始與黃泉比良坂的巨蛋交換內在——」

此時，ＥＶＡ變異體胸口的ＱＲ紋章突然震動起來。

「呃……——！」

「怎麼了？」

「阿爾瑪洛斯——發現我握著……它想要的長槍……了。」

劇烈疼痛讓卡特爾的太陽穴與頸部血管顫抖著浮現。由於綾波的肌膚本來就很白皙，能透過皮膚看到黑色血液開始流動在她體內。

早已遭QR紋章汙染成暗銀色的頭髮，由髮尾開始逐漸變黑。

企圖擅自離開操縱桿的左手，被她以顫抖不已的右手抓住制止。

除了精神汙染，以前並沒有試圖透過QR紋章控制對方行動的紀錄。

這說不定是第一次。從打倒上一世代阿爾瑪洛斯的歐盟EVA（Heurtebise）是搭載阿爾瑪洛斯鱗片——QR紋章的EVA這點也能看出，至今為止，它對賦予旁人力量後會被如何運用根本毫不關心。

這表示事態終於演變至讓它無法繼續這樣下去的地步了嗎？

「咯咯咯——」

儘管笑得十分僵硬，但得知讓自己落得這種下場的絕對存在正驚慌失措著，令卡特爾心滿意足。

而或許是覺得這樣下去不太妙吧，加持站起身。

「讓我出去。我試著直接干涉QR紋章，應該能稍微緩和下來才對。」

「快看——空間正進行交換……彷彿在夕陽下呢。」這會是哪個綾波的記憶呢？

那是尚未完全交換的兩顆巨蛋內部，在奇妙的黃昏中重疊的景象

為了排除阿爾瑪洛斯對EVA變異體施加的強制力，SEELE加持站在變異體的胸部表面，直

接碰觸ＱＲ紋章。

遠方有著數十道人影。

——看來是三年前源堂的部下們……

想必碇也在某處吧。

在下一個世界裡，我們還會再對你抱持期待嗎？

「持續追求之人」啊，假使你能捨棄自身之業，明明也能成為SEELE的一員……

「！」

由於注意力遭人影分散，他並未及時察覺有人站在背後。

『雖然她很努力了，但還是撐不住呢。』

被人搭話的加持吃驚地回頭。

只見穿著舊世代制服的No.珊克背著No.卡特爾站在那裡。

『帶她回去吧。』

她將卡特爾推給了他。

「喂，等等！」

加持勉強抱住卡特爾，體內的SEELE則當場慌了手腳。

——發生了什麼事……？

卸下重擔後，No.珊克看似感到輕鬆多了地轉動肩頸，右手緊貼在ＱＲ紋章上。

——砰！

亮著血絲般紅色花紋的黑色鱗片表面，瞬間出現了無數的細小裂縫。

下個瞬間，它便嘩啦啦地粉碎了。

「什麼？」

儘管SEELE加持驚訝無比……

「唯！」大喊出聲的卻是拚死拚活地跑來的碇源堂——前ＮＥＲＶ所長。

「！」

加持轉回視線，發現曾是No.珊克的綾波已變成年齡多了幾歲、穿著白大衣的碇唯本人。

SEELE加持的視野霎時變黑。回過神來時，他發現自己正抱著卡特爾，出現在其他地方。

然而周圍仍是一片橙色的黃昏，背後依舊傳來ＥＶＡ變異體的驅動聲——表示他們仍在巨蛋中的某處。

如是想的他往前看去。

「喔……！」

位置大概是在巨蛋內的尖端處吧，腳下薄霧繚繞的那個地方有著莉莉斯。

釘在十字架上豎立著，白色膨脹的生命根源。

當這個生命根源抵達月球、獲得方舟的情報後，將會持續孕育出新生命。
它捨棄了消瘦而成為月球的當今地球，使膨脹變大的月球化作下一個地球。
朗基努斯之槍複製品也在這裡。
看來自己在這世界的使命已順利完成，安心感籠罩著加持體內的SEELE。

即使放任不管，果實仍會結實成長。
然而這需要時間，況且很可能又會陷入相同的失敗。
人類補完計畫是人類所背負的原罪，唯有實現它，人類才能進入下一個階段。既然如此，便只能盡快解明了。
SEELE是打從初代諾亞開始，唯一繼承了好幾世代世界記憶的存在，
他們並非知曉成功，反倒是記憶著無窮失敗的人。
畢竟這世界並沒有藍圖可循。
他們只能一一消弭失敗的選擇。
作為使者們的協助者，SEELE學會了干涉使者力量的技巧，為縮短計畫的創世時間而製造方舟，甚至準備了本來只有一把的原版朗基努斯複製品。
「……」

SEELE加持仰望著莉莉斯。

讓他們背負著補完計畫的存在，究竟是誰？

祂早已捨棄這個世界離去。

不，也許祂仍在這裡保持著永劫的沉默，或是已經遺忘自己曾是這樣的存在許久。無論如何，祂什麼都沒說。

因此，人們總是詢問著。

『神啊，祢在那裡嗎？』

當SEELE加持試圖走向莉莉斯之際——

「？」

卻被某種猶如藤蔓的存在絆到腳。就在他差點跌倒時，霧氣迅速地散去了。

「！」

只見莉莉斯的十字架，竟插在一片西瓜田裡。

N型監視機器人被水垢與苔蘚弄髒，履帶發出「吱吱」聲響，一面拖著水管在灑水。

這並非幻覺。

真嗣的西瓜田過去由零No.希絲以大型傾卸車的卸載斗搬移至玻璃蛋裡，被N型監視機器人與希絲不斷擴大，如今變成非常不得了的規模。

遍地有著黑色條紋的綠色大西瓜反射著橙色光澤，形成壯觀的景象。

「……」

SEELE加持抱著零No.卡特爾，跪在漆黑的培養土上。

真嗣的西瓜田，是以前加持轉讓給他的。

——這是……什麼感覺……

有什麼東西從加持低垂的臉上輕輕落下，彈開了西瓜的葉片。而基爾議長的遮光器——在賽普勒斯被發現，並在加持良治戴上後消除他的存在——滾落至土壤上。

「唯！」

源堂傾盡全力呼喊著ＥＶＡ變異體上的人。

被呼喚的她憐愛地望向下方，露出微笑。

『源堂，我所愛之人……』

ＥＶＡ變異體握著槍尖夾著熠熠光輝的朗基努斯複製品。

唯就站在它的肩膀上。

『——總有一天，在某個補完計畫裡，我們將會再度相遇的。』

■

『總有一天，你會成為儘管追逐著我的身影，卻連理由都喪失，只能在遙遠世界裡探求著的業。』

融合的載體翅膀從ＥＶＡ變異體身上剝離。

以其為開端，ＥＶＡ變異體開始大幅變形——顯得純粹。

背部的外裝型Ｓ^{2}機關在發出嬰兒般的聲音後脫落了。

接住它的是與ＥＶＡ變異體融合的新右手。

『甚至連構成自己的部分都不剩，化作一根不斷持續飛行的細箭，猶如現在的我。』

彷彿心愛的孩子般懷抱著變得跟蛋一樣光滑的它，眼前的身影已不再是ＥＶＡ，而是裸身如光般閃耀的唯本人。

「如此一來，我們就能合為一體嗎？」

『請你從該在之處追來吧——

這是賦予你……只賦予你的唯一規則……』

映入眼簾的是就連唯的模樣都無法維持的光之巨人。

閃耀的輪廓左手握著朗基努斯之槍複製品，將槍尖之光壓在巨蛋的壁面上。

光輝瞬間充斥四周。

『——總有一天，在某個補完計畫裡，我們將會再度相遇的。』

箱根那顆無法被任何事物傷害的玻璃蛋突然裂開，從中出現三年前本部戰之際，遭莉莉斯產生的時間停滯球吞噬的封閉世界。

撼動整座第三新東京的地鳴聲。

從舊本部設施到中央核心區的垂直結構橫向出現，倒在蘆之湖的湖岸上粉碎開來。

——真嗣……

覺得有人呼喚自己的真嗣轉頭望去。

「啊！」

總算回到黃泉比良坂新島的他，目睹島上的某個角落突然像是巨大火山似的，朝天空噴出火焰。

不斷湧出的濃煙形成崩塌形狀的巨大蕈狀雲，轉眼間便突破了世界樹根層，到達平流層。

平流層表面斷斷續續地接收到衝擊波而猛烈搖晃。

最後迎來甚至突破了那道巨大蕈狀雲的垂直大火。

——轟轟轟轟——砰！

伴隨著衝擊波，比畫面慢上一拍的聲浪打在真嗣的ＥＶＡ最終號機上。

「！」

雷霆萬鈞的爆炸所產生的漆黑煙塵，猶如神聖之柱似的升起。

煙塵突破一切雲層、大氣層，脫離電離層時激烈產生的極光甚至彷彿波紋般擴散，卻依舊不斷竄升。

在世界樹根間的深色天空中，抵達低軌道的蕈狀雲只剩被太陽與明亮月光照耀的一側閃耀著。

一道光點自蕈狀雲的尖端脫離。

發射的東西呈現球狀——不對，是蛋形？

真嗣愕然。

「那是莉莉斯的時間停滯球嗎？」

莉莉斯的停滯球從黃泉比良坂新島發射了。

朝著新世界——月球而去。

咚！最終號機凌空躍起。

失去莉莉斯的這顆星球將不再是補完計畫的舞台。

它已經喪失作為地球的理由。

最終號機展開光翼，朝天空猛烈加速。

「那裡頭有以前的本部設施……還有許多人、律子小姐，以及——爸爸！」

『沒事的。』

穿過世界樹之根的深層時，一道「聲音」向真嗣說道。

「！」

嚇了一跳的最終號機停止動作。

持續削減生命而伸長的翅膀化為光粒子，溶解在天空中。

——媽媽……？

只見蘆之湖岸——

出現了三年前的世界橫倒著。

不斷升起的粉塵煙霧中陸續出現人影。

——過去消失的人們紛紛以當時的年齡現身眼前——這是哪部電影嗎？

NERV JPN與戰自聯合組織了救難隊。緊急趕赴現場的成員露出感到不可思議的表情，開始收容出現的人們。

之所以排除民間醫療機構與政府的救護隊，一方面是目前尚未解除戰鬥狀態，同時也有避免混亂的用意。

背著零No.卡特爾，手持兩顆大西瓜的加持現身了。

來到現場的美里在走下ＳＵＶ（休旅車）時與他巧遇。

「嗨。」

「——你這是什麼模樣啊？」

「不覺得很可惜嗎？那麼漂亮的田地，結果代替這個舊本部設施到月球去了。」

儘管加持想用手指，卻礙於雙手都是西瓜，於是以下巴比向背後的巨大瓦礫山。

放眼望去，只見穿著舊ＮＥＲＶ制服而來的人們，全都拿著一兩顆西瓜。

「也太讓人傻眼了吧……」

前ＮＥＲＶ所長碇源堂在現身之際，遭崩塌的瓦礫所傷。

昏迷不醒的他，就這樣被響著警笛的救護車連同擔架給載走了。

而遠方的摩耶正抱在赤城律子胸前，嚎啕大哭。

美里迅速地指示現場的救難隊負責人。

「替全員繫上標籤，別讓他們自由行動，確認完他們的姓名與所屬後，就經由桃源台的地下運輸磁浮列車送往本部避難所。戰自隊員要跟我們的人分開喔。」

儘管也想和律子搭話，但她決定還是先算了。

「我要回指揮所了。」

「大家一起來吃西瓜吧。」加持說道。

「我說啊，第一級大型威脅個體警戒線目前還沒解除，我們家的孩子也還在太平洋跟空中戰鬥吧？況且——」

——奇怪？

美里猛然一驚。

——我為什麼能這麼自然地和他對話？

或許是美里忽然結巴起來的模樣讓加持靈光乍現吧，他更新了自己的情報。

「對了，妳想找SEELE的話，他們待在發射的停滯球裡，現在已經抵達月球嘍。」

美里維持著打開SUV後車門的姿勢僵住了。

她愣愣注視著加持。

加持看似有些尷尬地別開視線，搖了搖肩膀，重新背起睡著的卡特爾。

「——大概是這樣吧。」

「是嗎——」

泫然欲泣的美里抬起頭。

「可是我剛才已經和你訣別了耶。」

「這算什麼，也太過分了吧？」

#8大洋割斷

■真理的突進

大型火山爆發發射了莉莉斯的時間停滯球。

所幸輕盈的煙霧與噴出物被風帶往南側，自島嶼北側往東北展開的南北美洲聯合部隊，總算勉強保住了機動與戰鬥力。

公車大小的火山彈飛越士兵們的頭頂，撞上某種看不見的存在後粉碎飛散。

那是戰自的機械巨人——機動兵器AKASIMA與其隨行觀察機伯勞一號、二號，以及美軍的攻擊武器載台，各自利用N^2反應爐產生的斥力場。他們根據巴西技術團隊的提案，將十二枚彈頭已啟動的方舟破壞用N^2彈作為擴充元件，擴大斥力場的範圍，形成部隊的保護傘。

聯合部隊與方舟附近零星產生、襲擊而至的黑色怪物群對峙交火。然而繼火山碎屑流，熔岩流猶如熱糖漿般緩慢流過的景象，在他們眼中簡直與地獄畫卷毫無二致。

部隊持續射擊。

彈藥還能撐多久？

一隻巨大爪子突然越過流著橙橙熱流的稜線揮來。

見山脊對面跳來一道龐大如山的黑影，任誰都被嚇得魂飛魄散。

「等等！先別開火！那不是NERV JPN說過的美國ＥＶＡ膨脹變異體嗎？」

巨大四腳獸伴隨著地鳴聲落地。

震飛彷彿恐龍時代遠古森林般的樹林後，牠直奔而來。

『你說那是Wolfpack？』

「無人機觀測到的Unknown（Mount Beast）——居然是ＥＶＡ嗎？」

Wolfpack展開了「族群」。

那是在本體之外產生，呈多種野獸形狀的絕對領域獸群。

獸群開始吞食起充斥大地的黑影怪物。

「看那個領域展開技能，確實是US EVA（Wolfpack）！」

「是友軍！」

儘管真理已沒有要對美國盡道義的意思，人類的軍隊無論變得如何都無所謂，她只是想將自方舟溢出的黑影——生命情報的碎片，全部收集到自己的「族群」裡，這卻讓甚至遭到運輸部隊捨棄、不斷與力量和規模都超乎想像的敵人交戰的士兵們振奮起來。

「無人機觀測到Unknown（Mount Beast）——
那是ＥＶＡ嗎？」

「先別開火！」

『警報！在Beast後方——』

四架天使載體追逐著Wolfpack出現了。

「別讓Wolfpack被幹掉了！」

由重型機動拖車裝載的磁軌砲一齊開火，部隊則在開火同時將陣形從防衛戰轉為反大型威脅個體戰。

緊接著，新的敵人——Torwächter兒玉、Torwächter冬二兩架黑色巨人機——宛如懸掛在天之根上似的出現了。

眼睜睜看見莉莉斯的停滯球被發射的真嗣，聽著希絲的說明。

「希絲，這是真的嗎？」

『所以啦，除了莉莉斯，時間什麼球裡的東西都出現在箱根了，碇所長和赤城博士也回來嘍！』

「——真的嗎？」

真嗣本以為方才升空的停滯球帶走了父親與其他人。儘管出乎意料的事態發展讓他感到不太對勁，緊繃的情緒依舊得到少許舒緩。

——太好了……

『比起這點，明日香要你想辦法處理冬二喔。』

避開垂直根的同時，最終號機總算穿過了噴煙。

「真理？」

真嗣的最終號機在空中被噴煙給完全籠罩。從中脫離之際，他總覺得看到了消失在山脈彼端的Wolfpack。

以及正追逐著牠的兩架Torwächter懸掛在樹根上，猶如以橡皮連結的人偶般跳進去的模樣。

『冬二……！』

■箱根

0・0EVA（特洛瓦機）並非進入第一整備室，而是潛入真嗣的第二整備室，強行裝備上超級EVA用的肩部懸掛架。

「——呃……！」

懸掛架的固定錨打進肩膀，讓綾波零No.特洛瓦痛苦地蹙起眉頭。

這原本是必須使用定位龍門架，在沒有搭乘駕駛員的靜止狀態時進行的精密作業。

然而眼下時間緊迫，也不會獲得許可。當她微睜著眼確認系統同步，漲紅臉上浮現的汗珠便被再度充滿的ＬＣＬ給沖走了。

『特洛瓦機，妳想做什麼！』

指揮所的日向發現了。特洛瓦無視他，從武裝樹三號塔裝上了領域劈裂者袈裟羅婆娑羅。

「我要去追貳號機。」

『等等，０．０ＥＶＡ！』冬月喊道。

『部署由作戰部決定，禁止在未接到指揮所命令的情況下展開機動。』

「就算成為整合體，單憑明日香獨自對抗阿爾瑪洛斯根本……」

特洛瓦機搭乘升降平台到達地面，卻見大地伴隨著隆隆地鳴搖晃不已。

「震源在哪裡？」

指揮所裡的冬月勉強抓住控制台邊緣穩住身體，一邊問道。青葉麾下的下甲板氣象部隔了一些時間才回答。

「震源為數眾多！請看主顯示器……！」

畫面上顯示的不知為何並非地面，而是天空。

遮天蔽日的樹根彼端，有著同樣遭樹根覆蓋的另一顆星體——月球。這顆巨大衛星……不，即將成為主星的行星不僅膨脹，距離地球也已不到十萬公里。

——什麼？它又變大了嗎？

任誰都有著這種直覺。

「它突然墜落了！受此影響，地球整體受到猛烈的潮汐力襲擊……！」

指揮所隨即陷入了騷動。

「先前即使靠得這麼近，也未曾出現如此極端的影響，怎麼突然間就……？」

「儘管我對地球科學與行星地質學一竅不通……」青葉的恩師，中年理論物理學者開口道。

「但根據原本的質量關係，現在這樣的狀態才是正常的。至今是有什麼抵消了這個重力關係。」

「防震系統即將恢復！」

被卡特爾的ＥＶＡ變異體破壞的司令部建築基礎已緊急修復完成，損害管制小隊在大喊後拔出千斤頂，指揮所的震動也隨即平復。

然而，外部的震盪仍在持續。

「教授，你說的什麼究竟是……？」

聽到冬月詢問，正確來說是副教授的男性神經質地搔抓起頭髮，提出自己的推論。

「——不就是因為失去了環繞在空中的朗基努斯環嗎？」

這是什麼意思？冬月問道。

難道在軌道上壓榨地球的朗基努斯——同時也控制著膨脹月球的接近嗎？

「——這或許有道理……一旦地球與月球的交換劇——質量的互換——不順利，他們所謂『月球將成為下一個地球』也不會發生，必須進行這樣的控制——」

如今那把朗基努斯正在覆蓋月球與地球的世界樹之根——大型轉移迴廊——內部飛行著。現在雖然看得到那些樹根，但它本是其他空間的存在，飛進內部的朗基努斯想必無法再對「這一側」發揮效果。

「也就是說，不是長槍從天上消失就能讓問題解決了，對吧。」

「總司令進入指揮所！」

美里回到作業機械嗡嗡作響的嘈雜指揮所——帶著加持。

『切換至外部觀測攝影機！』

突然間，駒岳射擊哨與其他監控站接二連三地傳來警報。

由天之根垂下的無數垂直根表面上，漸漸飄散著宛如黑色灰塵般的存在。

仔細一看——它們正拍著翅膀？

「葛城，快迎擊！那是先前從海上而來的黑色怪物同類……！」

加持低聲建議。

——騙人！儘管美里如此心想……

「對空射擊！」

「ＭＡＧＩ，讓武裝區域的射控系統ＡＩ分配複數目標到各個槍塔上，進行同時壓制。」

『確認命令。』

理解美里意圖的冬月立刻補充下達指示，卻還是以——「能信任加持嗎？」這種眼神望向美里。

——雖說奪走這男人身體的SEELE，亦即基爾議長的影子已經消失了……

但他實在對此難以置信。

見到喪失意識送來的碇源堂等三年前的亡靈後，即使老謀深算如冬月也稍微動搖了。

而當事人加持低聲嘀咕。

「世界樹之根大概是接觸到黃泉比良坂新島的方舟了，冬月教授。」

他以手指敲著自己的頭。

——他有著SEELE的記憶嗎？

像是聽到冬月內心的疑問般，加持說道：

「只有那傢伙意識到的事情就是了。」

武裝區域的防空火器一齊開火。

「雖然是些無法成為生物，只知道捕食且很快就會消失的存在……但還是向全世界發出警告比較好。」

誠如加持所言，經由樹根降落到世界各地的黑影無差別地吞食起周遭的一切，無論是植物、動物，抑或人類。

全世界轉眼間便陷入大混亂，怒吼與慘叫迴盪在空中。

交戰中的阿爾瑪洛斯與明日香EVA整合體，從填滿樹根的天空滑行而去，彷彿自樹根上隆起似的露出輪廓。

『希絲，這裡就拜託妳了。』

零No.希絲的EVA F型零號機，正四處擊退滯空攻擊武器未能擊中而降落地面的黑影。而零No.特洛瓦突然向她喊道。

「咦？」

希絲一回頭，便看見將領域劈裂者袈裟羅婆娑羅、步槍與戰略N^2彈裝在機體導軌上，手持伽馬射線雷射砲——一副過度重武裝的0．0EVA（特洛瓦機），憑藉外裝型跳躍助推器升空的模樣。

『雖然傳送程序的記憶被卡特爾消除了，但既然現在能看到傳送通道……』

讓助推器往四個方向分離的橙色身軀，飛進世界樹之根垂下的朦朧前端裡。

「不會吧！」

0・0EVA（特洛瓦機）的特徵圖示從作戰互聯畫面上突然消失了。

『儘管無法使用一般的通訊手段，但靠我們之間的絲線電話——妳聽得見吧，希絲？』

即使通訊中斷，希絲腦中依舊響起特洛瓦的聲音，那是綾波之間的精神鏡像連結。

『也請妳負責聯絡了。』

然而鏡像連結恢復一事，目前仍瞞著美里他們。

想像起告知真相時的情況——小不點零No.希絲扣下攜帶火器Powerd 8的扳機，一面用力地蹙起眉頭。

「也就是說，希絲要負責挨罵嗎？」

■狼的智慧

黃泉比良坂新島上的US EVA（Wolfpack）開始直線前進。

因為她終於視認到在前方岩石的陰影下緩緩旋轉的巨大立方體聚合物「方舟」。

巨獸撕裂了天使載體伸出的夏姆榭爾使徒之觸手，無懼於Torwächter追趕而來的投擲攻擊，朝方舟直奔而去。
「方舟」。
讓世界循環的關鍵道具。
地球上一切生命個體情報的集合體。
地球生命的中途儲存資料。
方舟在月球與地球兩邊各有一個相同的存在。
正確來說，是本來獨一無二的方舟被分裂成兩個完全相同的方舟，變得不再是一般物理的存在，既不會在永恆的時間裡劣化，更無法破壞，就算碰觸也只會穿透過去。
但是會受到影響。
因為龐大生命情報湧至，曾在月面接觸方舟的明日香與EVA貳號機不僅是自我，甚至迷失了本身的形狀，以宛如泥團般的姿態回到地球。
之後，身負著怎樣都無法清除殆盡的大量生命情報，他們成了明日香EVA整合體。
而對於多重基因受驗者的真理來說，這種混濁的姿態正是她的理想。
她把不滿足於方舟的群體稱作「不幸的族群」。
只是為了讓世界高速再生，從不知多麼遙遠的永劫囚禁至今的無數生命。
想必是感受到牠們的遺憾吧。

真理的Wolfpack視方舟為無數族群，為了吸收牠們而向前奔馳。

明明無法接觸，到底該怎麼做——

她恐怕從未考慮過手段。

真理已不再以人的角度思考，反倒極為接近奔馳在大地的野獸。

「上吧！摧毀那個可惡的鏡面箱子！」

在掩護Wolfpack突進的同時，南北美洲聯合部隊發出了歡呼。

Wolfpack即將越過最後的丘陵，抵達方舟。兩架黑色巨人——Torwächter兒玉與Torwächter冬二卻在此時突然一改本來各自為政的攻擊舉動。

兩架機體以一致的機動繞到Wolfpack前方，隨即以雙方的背板——如今已成為懸掛在天之根上的柔軟吊帶——互相碰觸。當它們再度分離時，機體之間便開啟了橫長的「其他空間」。

「是『窗口』嗎？」

遠藤准尉在戰自AKASIMA的指揮席上望著這一幕。

這個空間「窗口」——連結至其他地方的窗戶，是兩架Torwächter的專屬技能。

然而現在開啟「窗口」的它們，到底是想做什麼？

「集中砲擊那兩架黑色機體！」

浮現不好預感的遠藤下達命令，卻為時已晚。
只見兩架Torwächter宛如終點線帶般拉長了「窗口」。
Wolfpack的巨大身軀通過該處。
霎時，兩隻粗壯的前腳從龐大如山的四腳獸ＥＶＡ身上被輕易切斷。
因為與「窗口」接觸的部分被帶到其他空間了。
儘管後腳大幅躍起，避開了拉長的「窗口」，但失去前腳的巨獸胸口依舊落下巨大陰影，倒伏在地。
足以讓重型戰鬥車輛彈起的衝擊壓垮丘陵，綿延了一段後才終於停下。
明明方舟已近在眼前，真理的突進卻被阻擋。
『——呃……啊啊啊……！』
倒下的巨獸不斷用後腳踢倒樹海掙扎，以真理的聲音哀嚎。
懸掛在空中的兩架黑色巨人——Torwächter兒玉與Torwächter冬二——維持著「窗口」降落。
看似打算補上致命一擊。
南北美洲聯合部隊與AKASIMA準備砲擊，卻遭到天使載體襲來。
「窗口」即將橫越Wolfpack嚎叫般仰天的頸部。
「住手，冬二！」

只見兩架Torwächter宛如終點線帶般拉長了「窗口」。

■

以一把揮出的小刀斬斷本應不可能斬斷的空間「窗口」現身的，竟是真嗣半身化為光之巨人的最終號機。

■轉移迴廊內部

在世界樹之根——大型轉移構造——的內部裡，漆黑之風正推動著特洛瓦的0．0EVA。

特洛瓦有過被曾是SEELE的加持操控自我，主動進入這個傳送通道的經驗。

即使一部分的記憶遭到消除，零No.特洛瓦依舊明白，這個傳送通道終究是憑藉意志力來運作的。

一旦覺得遙遠，距離就會變遠，甚至會耗費時間；要是無法想像目的地，有時也會永遠迷失於其中。

——如果想在這個空間裡追上明日香與阿爾瑪洛斯——

反過來說，只要強烈想像，便能無視距離立刻抵達。黑色巨人與熟悉的紅色女性機體，幾乎突然就躍入了特洛瓦的視野。

「解除安全裝置。」

ＦＣＳ卻詢問起光線的聚焦距離。

看來即使能夠目視，在這個空間裡的距離概念仍是曖昧不清。

「固定距離設定為無限大，取消對個體的自動辨識，以我的視線進行瞄準。」

ＡＩ立刻閃爍文字長篇大論這樣有擊中友軍或非破壞目標的危險性，但她早在玻璃蛋裡堅守不出之際，就已經關閉這些安全控制了。

將最大電力填充到電容器裡，伽馬射線雷射砲射出２１００ＧＷ（百萬瓩）的光線。

察覺攻擊的明日香ＥＶＡ整合體迅速跳開。

或許是受到這個空間影響，巨大能量無法將衝擊集中於一點上，眩目的焦點自阿爾瑪洛斯的右腋滑向頭部。

儘管護盾彈開大部分的能量，但它的臉部還是有一半被炸飛了。

『——啊！好燙……好痛啊……！』

黑色巨人發出小光的聲音。

『長槍——長槍在哪裡？』

痛得打滾的它大聲呼喊著。

借用小光聲音的話語出自阿爾瑪洛斯的意識。身為補完計畫的代行者，它必須找出正在傳送通道某處飛行的原版朗基努斯，代替已失去下落的朗基努斯之槍複製品。

即使它如此期望，卻依舊找不到，恐怕是明日香要阻止它的意志也同時存在的緣故。
『在哪裡？得將長槍歸還於天……！必須歸還天上才行……！』
雖然與貳號機整合而看似將再度喪失自我，摯友的哀嚎仍刺痛了明日香的心。
『小……光……』
特洛瓦衝上去，0・0EVA以右手拔出左肩的領域劈裂者婆娑羅。
「洞木同學，請找回自我！明日香很難過、鈴原同學很難過……還有碇同學也是。」
阿爾瑪洛斯拔出猶如手斧般的近戰武器。
穿過它揮來的手臂後，特洛瓦機一個迴旋，帶著旋轉力道砍去。
「……而我也一樣……！」
斬擊的火花在阿爾瑪洛斯胸前的護盾表面濺起。
特洛瓦維持迴轉的動作，反轉刀刃將婆娑羅收鞘入刀。
雙肩上的刀鞘貪婪地消耗著外裝型S^2機關的能量，瞬間變得熾熱。
領域劈裂者立刻分析起阿爾瑪洛斯的護盾特性，開始重新燒製架裟羅婆娑羅的領域激發刃。
專用的輔助AI卻預估調整後的領域劈裂者，穿透能力只能達到35％。
儘管勉強能夠破壞，卻無法斬斷的程度。
她匆匆掃過作為理由所提供的資料。

——鑲嵌在全身上下的ＱＲ紋章，各自具有微妙不同的護盾特性。

亦即在共振嗎——

繞到背後的明日香試圖以備前長船攻擊阿爾瑪洛斯，行動卻遭看穿而被手斧擋開了這擊。為了救出小光，她過於集中攻擊像是插入栓組件的部位。

「明日香！得先阻止它行動……」

『我知——道……』

當特洛瓦等待架裟羅婆娑羅燒製完成，將武器切換成步槍之際——

『明日香為什麼……不來……救我？』

明日香略顯退縮，但還是重新握起備前。

這段期間，不知正想些什麼的阿爾瑪洛斯在黑色潮流中敞開雙手，擺出宛如阻擋在前方的姿勢。

『必須進展至——下一個階段……』

「什麼……？要讓什麼進展至下一個階段？」

『讓世界……』

阿爾瑪洛斯突然高舉右臂。

「！」

特洛瓦與明日香之所以有些吃驚，是因為它右臂的前端消失了。

儘管由於周圍一片漆黑而難以辨識，但那莫非是這個傳送通道的牆壁？

——它到底打算做什麼？

是錯覺嗎？總覺得阿爾瑪洛斯的龐大身軀，看起來似乎變得更加巨大了。

『那邊我會處理的……所以冬二……姊姊——來吧。』

■大洋割斷

黃泉比良坂新島——

吞噬了冬二的Torwächter揮出投擲錘，真嗣則以光之臂彈開。

「冬二！再這樣下去很不妙吧！」

同時，小光——阿爾瑪洛斯以兒玉之名創造的另一架Torwächter，也試圖砍下奄奄一息的Wolfpack頭部。

真嗣的ＥＶＡ最終號機一被那邊的情況分散注意力，冬二的投擲錘便將他絆倒了。

——究竟該怎麼辦才好……！

美軍的攻擊武器載台正以格林機槍集中射擊，壓制Torwächter兒玉針對Wolfpack的進攻。

而真嗣這方則進入格鬥戰——

隨即大吃一驚。

讓他吃驚的是本來就有鍛鍊身體，且作為訓練的一環修練柔道等武術的冬二Torwächter。就力量而言理應具備壓倒性的最終號機衝了上去，卻在下個瞬間像小孩子感到天旋地轉似的遭摔倒在地。

「——唔！」

察覺到時，它腰間的Powerd 8已被Torwächter冬二握在手中。

——糟了！

真嗣才這麼想，加速槍管折疊成不占空間的8字型的磁軌砲便開了火，擊墜一架正在迎擊Torwächter兒玉的飛行武器載台。

駕駛員與射手從搖搖晃晃地迫降著陸的攻擊武器載台爬出，隨即在空中望見新的異變。

「快看！樹根的前端……！」

由天空垂落、前端朦朧不清的垂直根，陸陸續續地刺入大地。

況且不只是刺入而已——

「它們的前端變成無數黑色手臂降落了！」

「瞄準前端部分，把它們給打落！」
島內的南北美洲聯合部隊一齊展開迎擊。
因為他們覺得這是對侵入島上的自己等人所發動的新攻擊。
為了打倒Torwächter、天使載體，以及從方舟湧出的黑色怪物而朝向水平方向的大小火砲，此時一齊朝向上空，開始攻擊。
從島外與運輸部隊交替，自塞班島趕來的船艦也跟著開砲。
降下的手臂卻只是不斷地刺入地面。
「那是什麼？看起來像是阿爾瑪洛斯的手臂……」
前端化為手臂而刺在島上的垂直根之所以霎時傾斜，是因為儘管覆蓋天空的樹根呈現靜止，但地球自轉著，島嶼會朝東方移動。
總之就是天之根在島上刺入了無數的錨——
「哇！」
有種腳下地毯突然被人抽走般的感覺。
EVA最終號機再度跌倒，同時遭受Powered 8的高速彈襲擊。
儘管劇痛傳遍全身，但子彈大多蒸發在領域表面上。
然而兩座懸掛架受到破壞，表面裝甲也有多處受損。

他太天真了——面對熟識的對象，絕對領域無法強力地發揮效能。

「住手！——快住手……冬二！」

最終號機手中的小刀揮空。

卻沒有遭受到下一次的攻擊。

像是突然有人呼喚般，兩架黑色巨人——Torwächter兒玉與Torwächter冬二——被樹根拉起，消失在覆蓋天空的粗大主幹裡。

無數慘叫聲響起，各式各樣的存在紛紛失去平衡而倒下。

整座島嶼被猛烈地扯向西方。

處於懸停狀態的戰自機動兵器AKASIMA撞上山壁，停止運轉。

「怎麼了？」

遠藤因為這次的晃動而咬破了口腔內部。

倘若沒有裝備背帶將他連同座椅一起綁在空中，想必他早已身受重傷。

移動的並非AKASIMA，而是地形。

「這可不是自然的地殼變動喔！」

這種事不用說也知道。巨大的地鳴聲連綿不斷。

『小笠原前線基地呼叫黃……月之夜見島AKASIMA，我們看到超乎常理的現象了。』

戰自設置在父島的基地營傳來春日二佐的喊叫。

『遠藤！那座島現在正被天上的樹根扯向西方啊！』

聽到這件事的遠藤准尉儘管陷入混亂，卻仍迅速地打開地圖、滑動圖像。

——就這樣繼續西進的話會怎樣？會被拖至沖繩方向嗎！

不對，在那之前！

「春日二佐！照這樣下去，它很可能會穿過二佐所在的小笠原群島……！」

『不……！』春日打斷他的話。

『那座島不會往這裡來的，因為地球的自轉軸已漸漸大幅偏離。根據這邊的預測，相對於以前的方位，月之夜見島正朝著北北西方向前進。』

激烈火柱接連不斷地竄起，貫穿島嶼後方的海面。

依照春日所說的方向，遠藤在海圖上尋找起來。

「伊豆半島……？——該不會……」

如今在拉扯之下，從軌道上墜落、深深刺入地幔裡的黃泉比良坂新島，就像把利刃切開了太平洋海底的薄地殼，不斷前進。

假如真嗣沒有讓墜落軌道偏移，月球碎片黃泉比良坂本來應該會墜落在伊豆半島的對面——

箱根。而這正是它的目的地。

樹根遮天蔽日，粗大主幹宛如腫瘤般地隆起了一部分，接著在樹根上流動，一面漸漸巨大化。當它從非洲大陸抵達大西洋上時，已化為幾乎高至平流層的巨人。

黑色巨人阿爾瑪洛斯反過來吸收構成自己的世界樹之根，漸漸成長為足以與引發最終衝擊的光之巨人匹敵——真正的黑色巨人。

它的雙手由肩膀根部細微地分裂成好幾隻，水平伸出後與填滿世界天空的世界樹之根混合，姿勢宛如在拉扯遠方的某物。

不斷往西流動的阿爾瑪洛斯來到美國東海岸，隨即猛然蹬地躍起，像是要把拉扯對象給拉過來般飛越大西洋，經由北方朝北極海方向開始東進。

而當分裂開來的手臂編織似的逐漸聚集時，在遠方太平洋上強行拉扯黃泉比良坂新島的無數手腕狀根部，也開始集合成兩隻巨大手臂。

儘管真嗣想追上冬二它們，卻難以無視襲來的載體。

與這些屍體天使交戰的過程中，他望見拉扯島嶼的無數樹根匯聚成兩隻巨大手臂。

■黑色巨人

「目的地是箱根？美里小姐，妳在開玩笑吧？」
『要是這樣就好了。』
「這太奇怪了吧？假設它利用地球的自轉速度拉扯，將直徑減少前的地球周長四萬公里除以二十四小時，時速會是——呃……」
『大約是一六七〇公里呢……然而因為直徑減少，現在地球的自轉速度也上升嘍。』
「但無論如何都不可能超過音速吧！」
這裡並沒有這種感覺。就算是加速度，也不可能只有讓人跌倒的程度。況且吹來的風只是稍微有點強——
不過仰望島上最高峰的山頂，真嗣便驚訝地倒抽了一口氣。
山頂正拖曳著一道巨大的紡錘狀雲。
就連跟島嶼並行前進，在沒有撞擊垂直根風險的海上高空飛行的戰自Platypus 2型觀察機伯勞一號、二號兩架機體，也明顯處於觀察桿及旋轉砲塔緊貼機身收起的高速巡航狀態。

『是事實唷。照這個速度下去，不到一小時就會撞上伊豆半島了。』

真嗣半傻眼地問道。

「──月球那邊……」

水里副教授以嘶啞的聲音回答。

『用汽車術語來講的話，在朗基努斯環消失後就確定進入側角碰撞路線了。雙方會受到洛希極限蹂躪而交錯，導致1／3投影面積重疊，一起撞得爛糊糊。」

「爛、爛糊糊……？」

儘管是沒聽過的方言，真嗣卻覺得這個詞彙清楚傳達了那會是場怎樣的災難。

『而且還不只一次，會不斷不斷地撞擊，最後則會──』

『只是不久後的倒數派對提前到來罷了。真嗣你──』

或許是箱根那邊又發生了大地震吧？只見美里與背景劇烈搖晃，通訊隨即連同影像一起中斷了。

即使是真嗣也注意到了，美里的豁達態度早已連虛張聲勢都稱不上，單純是在逞強而已。

他感到無地自容。

美里並未責怪真嗣。

真嗣也沒有責任。

然而，讓其他世界裡與這世界平行存在的世界樹之根——這個大型轉移構造——顯現的，據說是真嗣。

他所丟出的盧克萊修之槍，揭露了世界隱藏的部分。

理應看不見的世界樹之根顯現而出，吞噬了朗基努斯，導致月球墜落。

現在，世界樹之根成為阿爾瑪洛斯身體的一部分，正試圖將黃泉比良坂運往箱根。

人類已經沒有下一步了。

只要還是人類——

「要做的話——就是現在……就只有現在了啊。」

看到那隻黑色的巨大手臂時，他便瞭然於心。

若想與其對抗——

在島嶼行進的西方，過去的東北側上，海上戰自艦大和號擱淺在移動中的島上。

進行中距離支援的同時，這艘船艦還載來了NERV JPN的補給物資。

真嗣的最終號機從它的後甲板上，將固定住的戰斧ＳＲＭ—５０給扯下。

■教室

當箱根大地劇烈搖晃之際，希絲機正在空中與展開雙股螺旋使徒的阿米沙爾載體進行格鬥戰，並被迴旋的堅固螺旋環撞飛了。

儘管她也讓領域侵攻銃「天使脊柱」宛如鞭子般彎曲，巧妙地卸除撞擊力道……

然而從高空墜落的希絲，卻在看到外輪山對側——東邊的景象後大吃一驚。

「方才的地震……怎麼會！」

隔著海峽的大島——如今已逐漸遠離的舊伊豆半島——從中央裂開，緩緩地分成兩半，像是要讓道給從大海彼端而來之物似的。

只見水平線上的天空伸出兩隻黑色手臂，拉來了島嶼。

「！」

希絲的小小腦袋反射性地轉頭望向西方——

看到了隔著富士山出現在日本海對側的巨大黑影。黑色鎧甲型的下半身自樹根下走來。

上半身則被覆蓋高空的樹根擋住而看不太清楚。

「——討厭啦……這種事……」

她激動不已。

「特洛瓦！」

『希絲，我看得到。阿爾瑪洛斯擴大到傳送通道外了——難怪這邊只能看到它胸部的一部分。』

「該怎麼做才好？」

『抱歉，我們這邊也自顧不暇了。』

希絲同樣能看到特洛瓦那邊的狀況。

在幽暗迴廊的彼端，阿爾瑪洛斯身體的一部分已變得彷彿巨大的遠景。

而由它身前朝這裡飛來的，是化為Torwächter的冬二與映著姊姊殘影的Torwächter兒玉。

為了代替巨大化的自己對付特洛瓦機與Crimson A1——明日香EVA整合體，阿爾瑪洛斯才會把它們召喚到傳送迴廊裡嗎？

小小腦袋就快炸開的希絲感到一陣頭暈目眩。

「都亂七八糟了啦……變大的瑪爾瑪洛斯用雙手把黃黃比比新島往箱根拉來了。」

『妳說什麼？』

「人家已經搞不懂了啦！」

高度警示刺耳地響起，指揮所也同時傳來警告。

『ＣＰ呼叫希絲機！妳要墜落到商業住宅區了！快恢復機動！』

要重新升空已然太遲的它，壓壞了地表上的──不對，儘管差點壓壞，它卻在那之前被彈開了。

──轟隆！

宛如靠著看不見的牆壁，F型零號機墜落在市區裡倒下。

天使載體朝著武裝區域飛去。

希絲讓插入拴退出機體，試圖開啟的艙口卻沒有立刻打開。外部的裝甲罩上卡著某個金屬筒。

「唔嗯……！」

她爬出狹窄的縫隙，拔除卡住的障礙物。艙口開啟至正確位置，讓小不點駕駛員順勢滾向看不見的牆壁──但希絲穿過了那道看不見的牆壁。

「這裡是……學校──」

希絲拖著行李來到教室。

教室中央一如往常地擺著超級EVA規格的插入拴。

「真嗣！讓大家進到學校裡！真嗣──EVA所夢見的學校絕對不會被破壞吧！因為是夢啊。」

希絲迅速爬上插入拴旁的桌子，啟動艙門開啟裝置。

『希絲……？是無所謂啦。但我接下來要……所以也向大家……之後的事就——』

「你說什麼？人家聽不清楚啦！」

看似對緩緩開啟的中央艙門感到不耐煩，希絲踮起腳尖，以小手不斷拍著插入拴表面。

「嗯～～～！」

她就像頭小貓，從開了一半的艙口縫隙把頭硬擠進去。

然而，在插入拴內的座椅上——

「為什麼不在裡頭……？」

裡頭一片漆黑，座椅上空無一人。

方才明明有聽到真嗣的聲音。

他卻不在裡頭。

「——為什麼？為什麼不在裡頭？真嗣雖然不存在於任何地方，卻唯獨存在於這間學校，明明只能在這裡見面——不是嗎……」

這裡是與真嗣成為同一存在的ＥＶＡ所作的夢。

第三次衝擊確實顯現了。

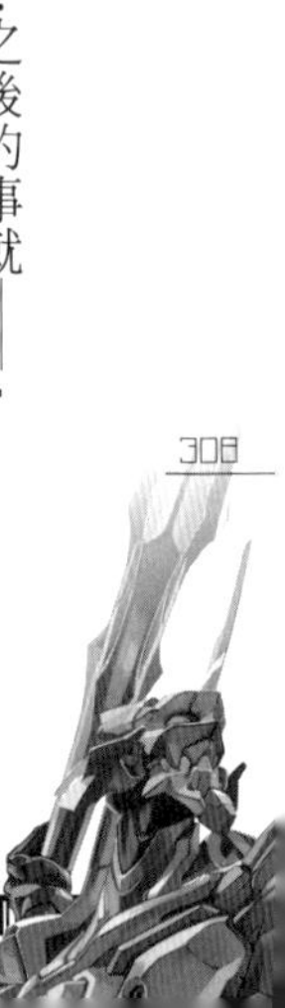

真嗣現在的最終號機之所以還能存在，是因為凍結了衝擊最後不滿一秒的時間，讓一隻腳……不對，是勉強讓腳尖留在這世上。

最終號機內部的時間接近無限停止，是以真嗣已經無法從裡頭離開。

出現在教室裡的真嗣，是跟真嗣成為同一存在的ＥＶＡ所作的夢。就連希絲的ＥＶＡ也無法突破的絕對防壁，是為了能使他獲得安寧而由此處所產生，無視物理法則的排他效應。

相反地，只要是真嗣心理上接納的存在，無論多遠都能無意識地召喚過來。那些人將會以夢的形式來到這間教室。

是個夢中與現實的同學們能正常交談的奇妙場所。

明日香將插入拴搬到了這裡。

讓夢中的真嗣由此搭乘ＥＶＡ。

而整備室的最終號機便動起來了。

雖然這幾乎只是一種儀式，真嗣的ＥＶＡ卻的確經由這種方式歸來，不至於成為難以預測何時覺醒的巨人，反倒能與現實世界溝通並共同作戰。

理應是這樣的。

「啪！」踮起腳尖窺探著插入拴的希絲，跪在作為踏腳台的桌面上。

『那個笨蛋不在裡頭嗎……？怪了。』
『直到方才都還在吧？』
被人搭話讓她嚇了一跳。原以為空無一人的教室裡，她看見穿著戰鬥服的明日香，以及在簡易抗G服上披著外套的冬二。
「冬二、明日香！」
不過他們兩人看起來都有些模糊。
另外兩個只看得出是人影的朦朧影子又是誰啊？
『小的那個是真理——這邊的我想大概是小光吧——』
明日香坐在窗邊，冬二則側坐在椅子上，看似難受地把手交疊在大腿。
希絲問起他們的狀況。
「他們說你變成黑色Torwächter了，冬二！」
『這麼狼狽真是抱歉啊……我雖然試著努力過，卻怎樣都無法抵抗……再這樣下去似乎會完全喪失意識……』
『我還撐得住喔，現在就把你給幹掉吧。』明日香說。
『喔，拜託妳啦。』

實際上，他們的意識仍在傳送通道裡，正於阿爾瑪洛斯胸前敵對交戰著。

『不過……』她的身影閃過雜訊。

『不知還能維持多久就是了。』既然明日香也成了ＥＶＡ整合體，隨著融合持續進展，她恐怕很快也會喪失意識，一如過去那樣。

希絲搖晃著嬌小的影子。

「真理……喂，真理！──貓耳朵！」

『沒用的，畢竟那是她的願望啊。』

嬌小的影子突然分裂成許多野獸的影子，在迅速跑到遠處的座位上後聚集成一體，變回原本嬌小的人影。

『我也呼喚小光很長一段時間了──希絲，妳注意到了嗎？』

「？」

『服裝呀。衣服沒變吧？』

「啊。」希絲想起來了。

一旦進入這個學校空間就會穿上老舊制服的視覺效果。

『停住真嗣時間的，是真嗣母親的存在──她大概已經離開了吧。』

冬二一臉痛苦地捲起自己的左手袖子──唯獨那隻手是白色的。

『變成義手了，畢竟是真嗣的心理創傷嘛——該死！完全不行啊。明明都拜託卡特爾去拿了……』

『希絲，快回去吧！載體朝本部過去了。』

回去又能怎麼樣呢？

「——嗯……」

小不點希絲之所以會這麼回應，倒不是下定了什麼決心，而是除此之外想不出任何辦法。藍色頭髮一晃一晃的她衝出教室。

「哇！」隨即在走廊上被某個東西給絆倒。

希絲的叫聲讓明日香與冬二抬頭望向教室門口。

「嗚～～我忘記這個了……」

她拖過來的東西，是卡住F型零號機插入拴艙口的障礙物。

「你拜託卡特爾拿的東西是這個嗎？」

那是個銀色的金屬筒——正在運作的生體保存容器。

「反面寫著名字。」

只見它滾到反面後，上頭署名「4（卡特爾）」。

——卡特爾……？是什麼時候拿來的？冬二暗自尋思。難道是趁F型零號機在蘆之湖被EV

A變異體拖進水裡的時候嗎？還順便透過精神連結將強迫行動意識植入希絲腦內了呢，卡特爾。

不用看也知道裡頭裝著什麼。

沒錯，是培養出來的冬二的腿。

『我就是在等這個！』

■光之巨人再臨

從天上伸出的巨大黑色手臂，速度猛烈地拉動黃泉比良坂新島。

「喂喂喂……不會吧！」

在場人們目睹了NERV JPN的ＥＶＡ不僅半身，而是全身化為光芒的景象。

朝它撲來的迦基爾載體，從腹部繃中張開超出自身體長的巨大上下顎。而真嗣化為光的最終號機一把抓住了那個使徒幼體的上下顎。

戰自AKASIMA的遠藤同樣看到了這異常的一幕。

「NERV JPN的ＥＶＡ……不只在發光，還變得愈來愈大了！簡直就像……」

不斷巨大化的最終號機始終抓著使徒的上下顎，載體在慘叫聲中被撕裂開來。

唯一沒發著光的是它背上的「時間制動器」，只見那個黑色圓盤正不斷褪色。

『首先是一半！』

指的是它打算消耗的生命時間。最終號機一口氣巨大化到足以與阿爾瑪洛斯抗衡的大小，高舉同樣化為光的戰斧。

它在旋風中解放了凍結的時間，一點一滴地重新釋放遭到中斷的第三次衝擊能量。然而真的能這麼理想地完全控制嗎？

——劈啪！

島上的人們都聽見了那道聲音。

最終號機的四個肩部懸掛架從內部被突破，四片翅膀看似從中爬出般地發芽茁壯。

『粉碎吧！』

在不斷前進的島上，響起了從北方衝向南方的尖銳破風聲

光之最終號機在風中揮出斧頭。

而黑色阿爾瑪洛斯抓住島嶼的右臂，就像巨樹一樣被砍倒。

『再一半！』它將行使讓人瞠目結舌的力量。不過一旦支出，真嗣的生命餘額就真的會歸零。

光之巨人一個翻身，張開的腳輕易踏上島的另一側。地基彈起、大地下沉，巨人——真嗣不

『粉碎吧！』■

以為意地將揮出的斧頭在空中往回砍。

回砍的光斧就這樣揮向背負猛烈負壓、拖曳著一道長長雲層的阿爾瑪洛斯左臂。

由於太過巨大，一切動作都宛如慢動作影像似的展開。

他對生命戀戀不捨嗎？

才十七歲的真嗣，理應有著無遠弗屆的可能性吧。

然而反過來說，所謂可能性的幅度，同時代表著他尚未充分激發任何潛力。

對此湧現的不安與迎向死亡的恐懼固然存在，他卻不覺得戀戀不捨。

真討厭。

到頭來，他並非被選為勇者而逐漸強大的存在，反倒是不斷地陷入絕境、大叫掙扎的生物。

膝蓋帶起了留在原地的腳。越過山脈追上身體後，光之巨人的上半身便大幅旋轉，戰斧隨之劃出難以盡收眼底的弧形，砍下黑色巨人剩餘的左臂。

『什麼……！』

不，它沒能砍下，斧頭前端撞到了什麼。只見纏在黑色巨人左臂上，像是一條黑蛇的……

此時，真嗣以眼角餘光瞥見了一道閃光。

在那個方向上的阿爾瑪洛斯，掙扎似的朝真嗣舉起被砍斷的右臂斷面——

斷面深處有著某個發光的存在。

當他轉身之際，突然從那裡飛出的東西貫穿了他的胸口。

『呃……朗基努斯！』

真嗣砍斷了阿爾瑪洛斯的右臂。

而它的右臂是世界樹之根。這個無異於砍斷傳送迴廊的舉動，讓在其中徘徊的長槍從那個突然出現的出口彼端，找到了該貫穿的對象。

想不到長槍竟是從找尋著它的阿爾瑪洛斯手臂，重新回到了這世上。

#9聖母無原罪始胎

■因果之槍

全身被光吞沒——失去控制而膨脹的最終衝擊壓力，漸漸地沖散了真嗣的思考。

『——我做了什麼……？

我砍斷了——阿爾瑪洛斯的手臂……朗基努斯卻從那裡飛了出來——』

飛向自己全身發光的腹部。

連結高次元的窗口「心臟」千鈞一髮地避開了這擊，長槍從體內貫穿的恐怖劇痛，則讓真嗣的意識勉強留在化為光之巨人的最終號機裡。

然而就連這份意識也漸漸模糊不清，即將消失了。

『阿爾瑪洛斯剩下的手臂仍拉扯著這座島……咦……它要拉去哪裡啊……？』

——我說過了——翅膀很不妙吧——

與光之巨人（最終號機）一同變得模糊的真嗣，聽見了薰的耳語。最終號機正逐漸展開四片光翼——那是曾一度在黃泉比良坂即將撞擊地球時展開過的翅膀，也是第二次衝擊之際，人們看到覆蓋了半個地球的四片翅膀。

——藉由翅膀獲得解放。

同時也意味著失去追尋本來存在理由的智慧。

『薰……！』真嗣打斷了薰的話語。

『照理說這點很重要……這座島要去哪裡——』

由真嗣胸口持續貫穿至背部的光線——朗基努斯，有著足以連結星辰的長度。伴隨著這股劇痛，真嗣問起自己腳下這座島的目的地。

——……它……是要前往你所居住的城市唷——

『——！』

茫然若失的光之巨人，突然一把抓住轟隆貫穿身體的長槍。

從它緊握的雙拳及指縫之間，迸散出彷彿灼灼火花的閃光。

跨越整座島嶼站著的光之巨人以雙手握住長槍，光芒自長槍灑落，遍及島上一半的範圍，讓正要襲擊戰自與南北美洲聯合部隊的黑影群陸續化為白色粉末粉碎。

戰自AKASIMA的遠藤連忙呼叫登陸部隊。

「所有部隊嚴禁離開反應爐力場，會變成鹽巴的！美軍部隊，立刻停止接近Wolfpack！」

而在他頭頂的遙遠高空——

喔喔喔喔喔喔喔喔喔！

光之巨人咆哮著。

如今已成為一道光線的朗基努斯之槍被世界樹之根吞噬的當下，全長便達到一萬四千公里。這條由真嗣化身光之巨人的最終號機緊緊握住，在手中以秒速九十公里穿過的光帶，迸出猛烈的火花。

喔喔喔喔！

響起不知是痛苦哀嚎，抑或發自內心自我激勵的吶喊，亮度朝著最後瞬間不斷增強的光之巨人大聲咆哮，盡全力握住持續貫穿自己的長槍。

即使在這一刻，巨人的亮度依舊急遽地增強，導致輪廓模糊不清。

奇妙的是，在場所有人都知道正在發生什麼事。

『第三次衝擊猶如在書中夾進書籤般暫停，此時此刻則即將翻開最後一頁……』

光之巨人背上唯一的黑色——「時間制動器」忽然消失。

那是解放的信號。

只見它肩膀上四片翅膀的幼芽霎時彷彿核爆的蕈狀雲，在膨脹成詭異形狀的同時一口氣伸展開來。

在場的士兵與技術人員們紛紛以目光追逐著翅膀的延伸，抬頭望向天空。

「阿們。」這是掙扎後的恭順嗎？

「該死……！」這是無力的嘆息嗎？

然而就在這時，景色再度宛如凍結般地停住了。

「怎麼了……？」

起初，人們懷疑著自己的感覺。在極限狀態下，士兵會因為腦內物質異常分泌，「視情況甚至能看見飛來的子彈」——會是這種感覺加速嗎？

但他們很快就知道不是這樣。

由遮天蔽日的樹根匯集而成的阿爾瑪洛斯手臂——儘管右臂已被真嗣砍斷，卻還留著左臂——依舊拉扯著整座島嶼，憑藉異常的領域力量以猛烈的速度移動當中。

而它即將抵達伊豆箱根——

「喂……那把巨大長槍停住了……！」

推動島嶼的轟鳴聲，撞擊領域的破風聲，以及——

——怦咚……！

最終號機的心跳聲留在那裡。

貫穿光之巨人、被它握住的朗基努斯停下來了。

在這瞬間，理應展開的巨人翅膀停止伸展。

要是完全展開，一切都會在光芒的吞噬之下結束。

■兩大巨人邂逅

「第三次衝擊的顯現被它阻止了嗎！」

看到戰自觀察機傳來的影像，美里忍不住驚呼。

把手抵在下巴上的加持豎起了那隻手的食指。

「對了，是長槍……！」

那把能斬斷因果律，甚至足以讓莉莉斯停止孕育生命的槍，阻止了災難嗎？

「還真是諷刺呢，原本從天而降打算懲罰真嗣的長槍，反倒阻止了閉幕。」

「但也只是暫時阻止了而已！」

沒錯，這不過是稍微延後事態，並沒有任何好轉的要素。

從下層傳來的那道聲音是——

「律子——赤城博士？」

毫不介意自己仍穿著髒掉的白大衣，律子並未使用直達電梯前往毀壞的指揮甲板，而是來到日向與青葉他們所在的中甲板。

難以判斷是否該阻止她的哨兵抬頭望向指揮甲板，美里以手勢指示放她通行。

律子與美里的視線追隨著哨兵而交會，在中層與上層甲板間沉默而毫無表情地對視著。

而摩耶則像是要打破她們的沉默。

「他握住長槍的手已經——」

在螢幕的彼端，光之巨人手中的朗基努斯再度開始緩緩地向前滑動。

握住長槍阻止其前進的力量——亦即真嗣的意識本身正迅速地模糊消散。

一如他過去化為光之巨人的時候。

光憑一個人類的意識，本來就不可能維持住光之巨人容量的神智。

要是再這樣下去——

『富士山！』

外輪山監控站的某人直接大喊出聲。

他目睹了那座最高峰被撞飛的一幕。

只見沒有手臂、從西方大陸跨海躍來的超巨人阿爾瑪洛斯，以肩膀拉扯遮天蔽日的世界樹之根，一隻腳同時撞上了這座列島最大的山勢。

看似沙坑裡的小山被踢飛的無聲壯闊遠景，令所有人瞬間安靜下來。

在聲音與震動抵達之前，來自南方的連續垂直晃動變得更加劇烈，讓體感敏銳者感受到奇妙的飄浮感。

「接近中的黃泉比良坂新島讓地殼產生巨大皺摺——如此急劇的……箱根火山臼的整體海拔正在上升！」

超巨人阿爾瑪洛斯的下一步想必會從西北方抵達這裡吧。

黑色超巨人之所以沒有手臂，是因為它的雙手已經由位在肩膀高度的世界樹伸出，右臂遭真嗣砍斷，左臂卻仍以強大的力量，將黃泉比良坂新島從東南方海上拉扯過來。

無論是撕裂海底地殼、大量噴出硫化物與熔岩並倒退逼近的黃泉比良坂新島，還是遭到朗基努斯貫穿，跪在那座島上的光之巨人真嗣——

『新島要穿過裂開的伊豆半島之間了！』一切都太過接近了。

面對啟示錄朝著箱根，自西北與東南襲來的異常景象……

——誰快來想想辦法啊……！

任誰都如此祈求著。

而握住長槍的最終號機——光之巨人的手終於緩緩滑落，本來遭到阻擋的長槍猛然動起。

光之巨人的翅膀開始迅速伸展。

美里忍不住大聲喊道。

「——EVA全機……！」

她的腦中毫無運籌帷幄。然而——

「EVA全機——我們家的孩子們，快回答我！」

她跨越了父親與自己一部分的人生被第二次衝擊燒燬的精神創傷。

儘管懷著「倘若自己隻身一人，眼下即使會在第三次衝擊的光芒之中死去也無所謂」這種念頭，美里卻不禁呼喊出聲，宛如要擁抱家人一般。

最終號機與真嗣如今已化身光之巨人；明日香EVA整合體與0・0EVA的零No.特洛瓦，則處於即使呼喚也收不到訊號的空中世界樹之根裡。

附近唯一的機體，是小不點零No.希絲在本部上空與阿米沙爾載體交戰的F型零號機。她正以機體擋下阿米沙爾飛向指揮區域的雙股螺旋——看似毫無餘裕而沒有回應。在頻繁中斷的遙測生命徵象上，希絲的小小心臟始終快速地跳動著。

都市武裝區域已被摧毀大半，殘存的部分宛如朝天空噴水般地劃出波狀砲擊射線，迎擊從樹根降落的無數黑色生命殘渣。而未能擊墜的則由無人N^2側衛戰機追擊。戰自的邁射砲列也自火山臼灼燒著天空。

來自西方，突破天際的黑色巨人；來自東方，連同島嶼一起拉來的光之巨人。

美里放眼環望——已經束手無策了。所有一切都將視箱根這裡為地球文明的終焉之地襲來。

「……！」

她不禁無力地垂下了拿著耳麥的手。而當由SEELE的支配中解放的加持正要抱住她的肩膀之際——

『……是的。』

『是怎樣啦？我現在……很忙耶。』

這道扭曲的訊號來自擅離職守的0．0EVA與貳號機。

「特洛瓦、明日香！」

美里反射性地望向並非訊號來源的東南方。

——嗶嗶嗶！AI／MAGI以地震警報的形式發出警告。

東方——東南方的外輪山突然粉碎，爆炸般地呈簾狀轟飛開來。箱根山火山臼內的地表地殼猶如海面般掀起波浪，蘆之湖則濺出一片雪白飛沫，水珠滿天飛舞，湖水湧入市區。

隨即彷彿升起了另一顆太陽般，跪在地上的光之巨人——最終號機的巨大身影出現在崩塌的火山臼彼端，劃破太平洋而來的黃泉比良坂新島撞上箱根了。

抓著那座新島的手臂，如今就在第三新東京的正上方——從被真嗣砍斷、飛出朗基努斯的右臂斷面裡，跳出了握著成對彎刀的兩架ＥＶＡ。

０・０ＥＶＡ（特洛瓦機）與Crimson A1——明日香ＥＶＡ整合體。

它們分別握著領域劈裂者袈裟羅與婆娑羅。

要砍向的位置已經決定好了。

「我負責右邊，左邊拜託嘍。」

『不要——命令我啦！』

宛如天災地變似的波動將箱根山火山臼夷為平地，就連標榜耐爆耐震構造的建築物也有大量倒塌。擱淺在黃泉比良坂新島西岸上的海上戰自艦大和號，在緩緩地滑離岸邊後掉進了蘆之湖裡。

無視周遭的慘狀，即使有著推進器卻不具備空中機動力的橙色０・０ＥＶＡ，以接近直線的拋物線飛行，紅色Crimson A1則在它的周圍以高機動劃出螺旋。

墮天的兩架ＥＶＡ朝著光之巨人飛去。

「碇同學……！」

『笨蛋真嗣！』

相較於光之巨人，小得跟人偶一樣的兩架ＥＶＡ——特洛瓦機與明日香——交錯之際，刀刃接連發出兩道閃光——

「！」

地面上的Ｆ型零號機，反過來將阿米沙爾載體堅固的雙股螺旋作為能量導管，領域侵攻銃就這樣打在載體身上。

察覺到光壓的希絲回頭看去。

在東南方的天空中，她看到光之巨人被０．０ＥＶＡ與貳號機斬斷的四片翅膀往上彈飛。

同一瞬間，朗基努斯徹底貫穿光之巨人的胸口，消失在太平洋上。

光之巨人踉蹌了一下。

不對，這個名字已不再適合它。

因為它正急速地失去光芒。

但它仍以蹲伏般的姿勢用力踏向大地躍起。失去光芒的灰色巨人輕易飛越過了箱根火山臼。

猛力彎腰後，它飛撲而去。

撲向正要從西方天空降落的黑色超巨人阿爾瑪洛斯。

無論如何，非得賞它一拳才行。

朝著阿爾瑪洛斯早已被特洛瓦打爛的臉部，真嗣的灰色巨人以緊握的拳頭揮出全力一擊。

彷彿頭上突然誕生了四顆太陽般，激烈閃光在擊中的那瞬間照耀著兩大巨人。

那是從光之巨人肩膀上斬斷、高高彈起的四片翅膀，才剛碰觸到天之根就立刻失去控制，化為甚至衝出宇宙的巨大白光奔流。

——轟隆隆隆隆隆！

儘管大部分的能量都被釋放到星球外，爆發的衝擊波卻仍將大地夷為平地，撼動著已經變小的地球。

四翼熠熠發光的火炬向著宇宙高舉，極光脫離常軌地浮現。

在這波連續襲來的光壓之下，頭頂高達平流層的阿爾瑪洛斯遭到比它小型的光之……不對，是曾經發光過的灰色巨人揍飛。比積雨雲還要巨大的影子猶如慢動作影像般滑動在地面上。

雲層陸續湧出，過於龐大的軀體壓縮了大氣，看似緩慢地倒向持續隆起、正再度與箱根連結為陸地的舊御殿場。

以超乎尋常的體型與速度撞飛約三十萬年份的火山地層後，它彈了起來。

擴散至天際的四道光之火炬搖曳擺盪，宛如要延燒至過去的月球軌道上般迅速伸展，無疑能從太陽系的任何地方看到第三次衝擊之光吧。

而當那道長時間持續的第三次衝擊之光黯淡下來時，在爆發前就被切離開來的灰色巨人真嗣，就這樣宛如灰燼地逐漸被風吹散了。

只要切除衝擊能量，或許就能拯救真嗣——零No.特洛瓦與明日香ＥＶＡ整合體原本是這麼想的。

然而即使切除，那毫無疑問仍是真嗣的力量。

『明日……香——綾波……我——』

難道是力量發散而讓真嗣恢復意識了嗎？

「碇同學——碇同學……！碇同學！」

看著逐漸消失的巨人，零No.特洛瓦想不出該說的話，只能不斷喊著他的名字。

該怎麼做才好？如果是真嗣，這種時候會覺得怎麼說才好？

曾是真嗣的巨人，彷彿溶入大氣似的消散了。

『嘖，也太快了啊——真嗣。』

身上閃起雜訊的冬二意識體咂了聲嘴，從莫名安靜的教室窗戶遠望著那幅景象。

『開始吧，惣流！』

一旁的明日香意識體卻仍看著窗外，動也不動。

『在搞什麼啊……那個笨蛋……！』

她是在窗外的場面裡斬斷真嗣翅膀的明日香ＥＶＡ整合體半清醒意識。

『喂，現在可不是認輸的時候啊！』

『——抱歉！』讓人驚訝的是，明日香對此沒有否認。

這可不妙啊。

——咚！

冬二的義腳倒在明日香腳旁。

『給我……振作一點！我們人在哪裡？我們的意識依舊脫離了肉體，被吸引到這個地方。真嗣的EVA所作的夢境仍跟這裡重疊著啊！』

明日香的意識體猛然回頭。

『對吧？』冬二說道。『還沒有結束呢！』

她看到冬二正從保存容器的醫療LCL裡拉出一條蒼白左腿，壓上自己只剩下根部的大腿。

結果呢？無須外科手術，兩側組織紛紛像是以縮時攝影機觀察黏菌般伸展而出，尋找彼此，迅速地連結起來。冬二霎時從剛接起的蒼白腿上受到猶如菌絲的使徒侵蝕，以猛烈的速度漸漸遭到汙染。

那是使徒巴迪爾。

『呃，啊……！』

彷彿不再需要似的，原本接在大腿骨骼與肌肉組織上的義腳固定裝置由內側浮起，滿是鮮血地重重墜落。

蒼白腿上之所以有著使徒，並不是培養出來的。

冬二曾在三年前連同ＥＶＡ參號機一起遭到汙染，沉睡於他體內的巴迪爾會對人型產生反應而甦醒。所以他才會放棄再生治療，靠著仿生義腳生活到今天。

儘管表情痛苦扭曲，他依舊揚起無畏的笑容，因為情況一如預期地進行得很順利。

即使身為意識體，巴迪爾仍因冬二取回人型而再度活動。

『真嗣──或許是喪失了肉體……容器……而自己也覺得自己死了……搞不好迷失自我了吧──』

『那這樣──該怎麼辦才好？』明日香問道。

『怎樣……都行──總之試試看……好了，來一決勝負吧……』

冬二用那隻腳站了起來。

起身後的他，注視著在其他座位上瑟縮身體，看不清長相與體型，猜測可能是小光的「影子」。再度望向明日香之際，他以輪廓漸漸模糊的那隻手──

──啪！

肩膀被拍打的明日香晃了晃。

『呃……唔──我們……在外頭見吧！』

冬二從這個「真嗣夢中的教室」消失了。這代表他同時存在外部現實世界裡的「自己」，現在醒過來了。

——要我試試看……是要試什麼啦？

總覺得讓人很不爽。

為什麼我得為了真嗣又喜又憂，心情起伏不定啊？

得搞清楚才行。

無論是向自己，還是向那個男人！

她打開教室的窗戶。

『不准你在這種時候放棄！你要是放棄，我絕對不會原諒你！』

只見窗戶下方的操場上有著許多什麼都沒帶的人們，紛紛造訪這個夢之屏障裡。

——怦咚！

有什麼回應了——在哪裡……？

『你在哪裡，真嗣！』

眾人抬頭望向校舍內的明日香。

而當她環顧著人們的視線，接著抬頭看去時，注意到情況有了變化。

『世界樹之根……！』

本來覆蓋著整個天空的世界樹之根上破了個大洞。

世界樹並非單純的物理現象，而是不存在這世上的異空間傳送迴廊具現化後的狀態，理應無法破壞，卻被真嗣的第三次衝擊給強行燒穿了。

世界樹從破口部分開始崩塌。

巨大的碎片緩緩落下，並在接觸地面——即將撞擊之前突然消失。

■朗基努斯環

「快看天空！樹根上開了大洞！」

這句吶喊清楚地迴盪在忙著進行事後確認的譁然中。

指揮所一將全景監視攝影機畫面切換到主顯示器上，便在網狀覆蓋整片天空的世界樹之根上，確認到某個一望無際的大洞。

「它被那副翅膀……最終衝擊的業火給燒穿了啊……」冬月呻吟道。

發生大量鹽化現象的報告接踵而至，又有人變成鹽柱了。

「我們正在見證神話誕生，也是會發生這種程度的事呢。」

「官方見解還是別這麼說比較好。」

遭冬月叮嚀的美里回以疲憊的笑容，隨即陸續收到嚴重的報告。

龐大的衝擊能量所產生的電磁脈衝，對城市各處造成巨大損害。

「停止商業及居住區域的供電。」美里十分冷靜地下達指示。

『第三新東京市區蘆之湖旁的五個避難所沉沒！人員生存的可能性……極低。』

那是避難人口最多的五個避難所。

「什麼……？」箱根之外恐怕有更多的人員傷亡吧。

畢竟人類該背負的債務——遭到強行阻止的第三次衝擊——在全額還款期限將至之際，突然被分期成四份後衝上天際，會出現這種程度的事態毫不意外。

雖然明白——

『這附近一帶的人全都撤離到高中嘍。』

通訊視窗突然開啟，小不點零No.希絲介入對話。

「箱根CP呼叫希絲機，妳說什麼？」無法理解這句話的日向反問。

『我、說，南側避難所的人們全都撤離，沒有人在了啦！』

「希絲……妳怎麼能擅作主張？」

『高中那帶沒問題唷，絕對不會被破壞，因為真嗣還在作著夢！』

「！」希絲口齒不清的稚嫩嗓音迴盪在指揮所裡，工作人員們紛紛倒抽了一口氣。

那個與ＥＶＡ夢境重疊的場所具備不可侵的性質。

因此孩子們才會利用這一點，擅自讓市民去避難嗎？況且——

「真嗣……！」

消失的ＥＶＡ最終號機——真嗣的意志仍持續影響現實。希絲是這麼說的。

「歐洲南天天文台ＥＳＯ在拉巴斯天文台報告中提到了！」

青葉仰望著指揮甲板喊道。

「返回高度兩萬公里的朗基努斯，觀測到全長已延伸至十五萬七千公里！」

「就算在樹根裡仍持續延伸嗎！」

「表示現在是橢圓形的它，很快就會變成正圓形了！」

朗基努斯的光輝宛如白色絲線般穿過天之根的開口，橫越而去。

『箱根ＣＰ，阿爾瑪洛斯有動靜了！』

一腳踏平西側的火山臼山脈，黑色巨人跳到擱淺在火山臼西南側的黃泉比良坂新島上。

受黑色巨人的跳躍波及，飛進空域裡的巨型飛機被氣流扯斷了機翼。

「這種時候是誰家的飛機啊？居然想越過充滿障礙物的天空飛來，傻了嗎？」

「有通知嗎？在這種情況下救援實在……」

『我來試試看。那是US EVA的管制機，可能是一直在找真理……』

重力子浮筒發出嗡鳴聲，零No.希絲的EVA F型零號機飛了起來，支撐起歷經困難的航程後抵達箱根，結果卻受到損傷而漸漸傾斜的機體。

「希絲！之後我再來跟妳算擅自引導避難所市民撤離的這筆帳……！」

話說到一半，美里忽然想到——之後？在各種災害同時到來的現況下，還會有之後嗎？

——砰！突然響起的撞擊聲嚇了她一跳。

『笨蛋真嗣！給我回來！』

——砰！在指揮所聽見的聲音，是由真嗣的插入拴傳來的訊號，聲音的主人則是明日香。

『真嗣！』

真嗣的意識體不過是EVA所作的一場夢，他為了操作最終號機而搭乘上去的插入拴，就放在他會出現的高中教室裡。而確認真嗣不在插入拴裡後，希絲沒有關上艙口就跑掉了。現在明日香正從外頭以掃把柄敲打插入拴，插入拴內的麥克風則將聲音轉換為電信號傳來。

「咦？明日香現在不是變成整合體……」

「看來她的意識造訪了那間教室呢。」

聽到冬月疑問的加持說道。他的直覺本來就很敏銳，立刻有了頭緒。

「原來如此……那裡是適任者們的『第二指揮所』啊。」

「你說什麼！」

美里總算理解了他們能自作主張讓市民去避難的機關，氣得火冒三丈。

「別氣了。」加持勸道。

「他們並非無視葛城你們吧？只是十分清楚困在『大人的責任』囹圄的你們無法做到許多事。」

「朗基努斯……」軌道上不斷伸長的光線追上了自己的尾巴。

全世界的人都聽到了清澈鐘聲。緊接著，「砰！」大地再度震動。理解這個現象緣由的人們紛紛仰望天空。

只見天之根之間的那道光線已無縫隙。

「完全……形成環狀了──」

自地底湧現的地鳴聲連綿不絕，全世界的地震觀測站都開始觀測到相同波形的地震。無數的鐘聲相繼響起。

儘管大家都聽見了，卻沒有一個人想問那是什麼聲音。

「太平洋上發生異變！」

連同星球一起被撼動壓碎，又遭到黃泉比良坂新島切割通過的海底地殼，噴發出高聳的火柱分開海面，被撞破的富士山也跟著噴發。

奇怪的是，噴出物並未落至任何地方。正從四萬公里左右的近距離掠過上空的巨大月球，如今開始直接吸取地球的內臟了。

「每時間單位的掠奪質量遠比使用空間透鏡時來得多……這樣要不了多久就會……！」副區塊傳來了摩耶近乎慘叫的吶喊。

「這就是『末日』……！」

美里喃喃低語，拳頭不自覺地緊握到變色的程度。

而在摩耶旁邊的區塊，律子也試圖分析資料。

「哎呀，水里老師也被叫來啦？」

正埋頭計算的青葉恩師沒有回頭。

「好久不見啦……美人們，好不好奇領域同步型的刀刃，為什麼能斬斷光之巨人的翅膀啊……！」

律子瞥向螢幕。

「好驚人的能量……環的力場強度持續變動，彷彿在擠壓——我們聽到的鐘聲就是這個吧。」

每當這股要捏碎大地的力量撞擊大氣層時，便會像是敲響各種宗教的鐘般高聲響起。

『戰自AKASIMA呼叫……沙沙……RV JP，倒數六十秒後——將使用伊克力斯級N^2炸彈。』

在混著雜訊的單方面通告後，擱淺於箱根火山臼東南側上的黃泉比良坂新島上，發出了彷彿星辰墜落般的強烈閃光。為了破壞方舟，登島的南北美洲聯合部隊使用了珍藏的N^2炸彈。

「都說過物理性攻擊會直接穿透方舟了，報告明明有交給他們啊！」

「即使理解還是得做吧。」

隨著N^2爆炸的雜訊消退，以照相機進行轟炸評估的UAV傳送的畫面顯示，本來隱藏在岩山陰影中的立方體聚合物顯露而出，毫髮無損地飄浮在剛形成的爆炸坑洞上。

——說不定只要破壞它，就能從補完計畫的舞台劇中獲得解放。然而根據過去的資料，唯有阿爾瑪洛斯有辦法移動那東西……

美里快要不知道自己該怎麼做才好了。

而明日香的意識體——正持續呼喊著真嗣。

「？」此時美里看到了，每當明日香敲打著空無一人的插入拴之際，在早已不存在的最終號機情態板、數值全是零的真嗣生命徵象上呈現一條橫線的心電圖便會微微起伏。

加持也注意到了這點。

「明日香，妳是在叫真嗣回來嗎？」

『你是良治？SEELE的那個嗎？』

並未停止敲打的明日香，回應著從插入拴內的通訊機傳來的聲音。

「那邊已經把我開除了。讓真嗣維持這樣不是比較好嗎？」

『咦？』

「他好不容易才卸下重擔，妳卻想把他叫回這場大災難之中？」

「全員注意！」美里突然命令道。

「立刻拍手！跺腳！」

葛城美里總司令高聲喊道。所有人都錯愕地仰望著她，唯獨冬月「啪」地拍起手來。

『才不是卸下重擔呢，那個笨蛋只是把事情硬塞給我們了啊！得要他負起責任才行！』

「當明日香敲打著插入拴時，真嗣的生命徵象——心跳就會跟著跳動喔。」

咦？指揮所內的工作人員們也紛紛抬頭望去。

有好幾個人連忙跟著冬月一起拍手。

『真的嗎？』

「儘管無法確定原因，可能就連真嗣也以為自己死了……不對，搞不好他真的死了。但或許是因為這種猶如神話般的狀況，讓他仍維持著生命。既然如此，我們便徹底利用這份恩惠吧。」

『該怎麼做？』

「就跟戀愛一樣，首先要強烈地意識到對方，給無處可歸的他一個安身之所。」

『啊，你在說什麼……』如此回應的明日香，停下了拿掃把敲打插入拴的舉動。

『！』聲音卻沒有停止。是從操場傳來的？

前來避難的大批市民紛紛不安地仰望天空，一面依照明日香的節奏拍著手，抑或敲打東西。

倒不是執著於想引發什麼現象，而是因為不安。

他們的城市——第三新東京正遭到破壞。儘管這所奇妙的「高中」確實相當平靜，然而「看不見的牆壁」外正劇烈搖晃，所有東西都像是失去重力般地被吸入空中。

這股壓力實在令人難以承受。假如校舍裡的明日香沒有發出噪音，他們恐怕已經大叫起來了吧。

眾人隨著那道以固定節奏響起的聲音動著身體。轉眼間，大家通通跟上了。

當這股彷彿持續膨脹的內壓達到一定程度時，明日香突然間——

——怦咚……！似乎從自己體內聽到另一個心跳聲。

就在這瞬間，明日香的身影從教室消失了。由於她輕率地與ＥＶＡ再度整合，導致情報的融合過於混濁，一直維持的自我終究還是溶入了ＥＶＡ中。

艦砲攻擊起阿爾瑪洛斯。

淡水的蘆之湖面上，戰自艦大和號已然淹沒至甲板附近。在主砲轟然開火後，它便朝著站在如今看似台地般的新島邊緣的阿爾瑪洛斯發動砲擊。

阿爾瑪洛斯再度以小光的聲音喃喃低語：『救救我，冬二……姊姊……』就在此時——

「Torwächter從樹根的碎片之中出現！」

原以為要襲擊大和號的兩架機體，卻做出不一致的行動。

其中一架追向了阿爾瑪洛斯。

『箱根CP，請勿開火！鈴原同學要動手了！』零No.特洛瓦喊道。

其中一架Torwächter出乎眾人意料地攀附在超巨人阿爾瑪洛斯背上，以手刀刺進鎧甲的縫隙。

「妳是說鈴原能以自身意識操控Torwächter？他是怎麼辦到的！」

「Torwächter呈現藍色波形！」

日向喊道。

「菌絲狀的……！正在侵蝕阿爾瑪洛斯！」

「巴迪爾！你們讓它醒來了嗎？」

美里恍然大悟。

「鈴原的『腳』保存狀況如何？」

「零No.卡特爾的EVA變異體趁著在本部內部大鬧之際，將檢體樣本庫……」

加持忍不住笑了出來。事到如今，美里也不再認為這是偶然。

「居然給我搞這種把戲，你們這群壞孩子～！」

阿爾瑪洛斯做出抵抗，以繞到背後的左手打碎冬二Torwächter的胸口。

從中隨即露出完全被壓爛的攻擊機Platypus 2雙座型。

它以隱形座艙罩牽著菌絲的樣貌飛著。

被使徒的菌絲包覆、不斷抵抗侵蝕的冬二大喊：「混帳東西！」

——啪哩！

使徒巴迪爾侵入阿爾瑪洛斯內部的菌絲增殖，由內側突破鎧甲。

超巨人的後背裂開，白色貳號機型EVA（Heurtebise）緩緩地滑落而出，但要是侵蝕得更進一步會很危險。巴迪爾的菌絲同樣侵入了Heurtebise，再這樣下去，就連小光也會遭到腐蝕。

就在這時，Heurtebise的插入拴組件開啟。插入拴一面噴著彈射火焰，一面擠壓金屬板緩緩後退，最後卡在菌絲上停住。艙口打開。

「咳咳、咳咳——冬二，你太慢了！」

突然傳來的聲音讓冬二忍不住回嘴。「我在樹根裡迷路了啦！要是沒被召喚就完蛋了！等等……你披著那條破布是在搞什麼啊，劍介？」

只見劍介以一條髒兮兮的破布裹住自己與小光，扶著小光爬上插入拴。

被使徒的菌絲包覆、不斷抵抗侵蝕的冬二大喊：「混帳東西！」

■

「居然說這是破布……這可是令人感激的聖遺物（都靈裹屍布）喔。我一直裹著這條布躲藏在裡頭耶。」

阿爾瑪洛斯掙扎不已，試圖甩開Torwächter。冬二探出身體，以被安全帶緊緊綁住根部的蒼白左手完成最後的工作。為了讓使徒沉睡，之後想必會再度砍下的那隻手臂，拋出了一個小型安瓿。

「小光，看好了！妳的姊姊才不是那種怪物咧！」

那個安瓿裡裝著小光的姊姊——鹽柱化而粉碎的兒玉。小光無神的視線追逐著那個安瓿。

「姊姊——冬二……！」

她朦朧的雙眼盈滿淚水與感情，奪眶而出。

就在小光的意識遠離、舉止詭異之際，另一架襲擊戰自艦大和號的Torwächter——兒玉的投影也遭到六門四十六cm砲齊射擊中，炸成碎塊。

黑色的空洞鎧甲支離破碎，掉進蘆之湖裡溶解開來。

冬二的目的成功一半了。然而——

「什麼……！」

無法控制巴迪爾力量的他只能讓它失控，卻感受到某種強烈的抵抗。

照這樣下去，他想成為阿爾瑪洛斯並奪走控制權的計畫將會落空。

有個他無法自由控制的部位——是方才襲擊而來的左手。

——不對，是纏在左手上……那條像龍又像蛇的……

「是『惡魔脊柱』嗎！」

它是以侵蝕型絕對領域承載重力子射出的武器，實際上卻是一架ＥＶＡ。

扯斷屍體四肢且靠著ＱＲ紋章驅動的它，可說是極度瘋狂的產物。「唔喔！」它以自身附著的左手繞到背後，一把抓住並強行扯下冬二的Torwächter。

「阿爾瑪洛斯的主體被『惡魔脊柱』占據了！」

遭阿爾瑪洛斯扯下的鈴原Torwächter，握住緊抱在Heurtebise插入拴組件上的劍介與小光——拜託好好地跟ＥＶＡ一樣發動保護領域啊……！

Heurtebise失去了主人，宛如蛻皮般由阿爾瑪洛斯的背上墜落地面。

出現在倒下的鈴原Torwächter附近的，是０・０ＥＶＡ與明日香ＥＶＡ整合體。

「鈴原同學……！」０・０ＥＶＡ傳來特洛瓦的聲音。

「唔……不要緊。動作快！」

而追著扯下冬二的阿爾瑪洛斯，踏出地鳴的明日香ＥＶＡ整合體從他們身旁衝了過去。

「惣流怎麼了……？」

『她……的行動已經不具意識，即使呼喚也沒有回應……』——被整合體吞噬了嗎？

倒下的鈴原Torwächter破損的胸口裡，露出了Platypus 2被壓爛的駕駛艙。

０・０ＥＶＡ舉起高振動粒子刀緩緩落下，伴隨著刺耳的高頻聲響。
持續噴出巴迪爾菌絲的冬二滿臉痛苦地將左手伸到一旁，以那隻蒼白的手臂抓住駕駛艙邊緣，好讓特洛瓦能清楚看見。
「該死！如果能成為阿爾瑪洛斯……就能對那個方舟做些什麼了！」
『這是——真的嗎？』
有某人對受到侵蝕與麻醉而神智不清的冬二獨白產生了反應。
「這聲音是……US EVA的駕駛員……真理嗎？」
「冬二！」
劍介抱著小光從Torwächter的手中爬出，特洛瓦的０・０ＥＶＡ制止他們靠近。
『相田同學，別讓洞木同學過來。』因為她要砍斷冬二的手臂。
「小光，等我一下——馬上……就好了。」
「——冬……二……」
阿爾瑪洛斯朝著方舟邁步前進，體型也一面逐漸變小。
然而即使變回原本的大小，它依舊比ＥＶＡ大上兩圈。

■真嗣的形狀

『莉莉姆的童話也這麼說呢。莉莉斯放蕩不羈、夏娃則輕易地被蛇的話語矇騙了。那麼處於相對位置上的亞當為什麼沒有先變成這樣呢？』

——薰，你在說什麼……？

『就說是童話嘍，裡頭意外地隱藏著真相……因為亞當拋棄了。』

——拋棄什麼……？

『蛇。也就是說，惡與罪其實是亞當的一部分。追求完美的亞當切離了自己最具人性的一部分。』

——為了什麼？

『為了邂逅賦予莉莉斯的存在。而他因為這種自以為正確的行為喪失了資格。』

——邂逅……誰？

『要充滿——光嘍。』

繞到阿爾瑪洛斯前方的明日香ＥＶＡ整合體突然遭受損傷，難道是被惡魔脊柱給碰到了嗎？看起來像是這樣。

她的下腹部裂開了。
正確來說是整合體腹部前方的空中縱向裂開。那道空間裂縫隨即一口氣擴大開來。
同時，心跳聲變得更大了。
彷彿要一併吞噬這道空間裂縫般，惡魔脊柱的龍頭呲牙裂嘴地飛來。
——噹！它的突進遭到擋住。
從裂縫中伸出的手臂抓住龍頭，擋下了這一擊。
後仰著身體的明日香EVA整合體往前伸出雙手，邊顫抖邊催促著某種存在現身。而驚訝得往後退開的龍頭阿爾瑪洛斯，則將抓著自身不放的那東西拉到這世上。
龍頭難以忍受地扭動身軀，想甩開那隻手臂。只見阿爾瑪洛斯——那架巨人——看似不知該作何反應地逐漸後退。
「發生了什麼事？」美里問道。
從中爬出的莫非是被砍斷翅膀的最終號機？
不，在這個毀滅的世界上，一架似是而非的全新EVA誕生了。
「那是處女懷胎——聖母無原罪始胎嗎……」
冬月呻吟著：「是這樣啊——」加持則得到了答案。
「明日香，當妳被月球『方舟』的全地球生命情報侵蝕之際……」

在這個毀滅的世界上，
一架全新ＥＶＡ誕生了。

■

美里也理解了。

「也在那裡遇到了真嗣的生命情報，對吧？」

「痛、痛死了——！」

在插入拴內大叫的明日香竟然並非整合體，而是人類模樣的自己。

或許是生產的疼痛讓她取回了自我？隨著她竭盡全力「分娩」的那個空間關閉，人與ＥＶＡ的整合也解除，恢復成ＥＶＡ貳號機。

明日香最先看到的是在插入拴內拚命吠叫，並往她臉上到處亂舔的狗狗安士。

「為、為什麼——」

自覺到方才發生的狀況後，她頓時羞紅了臉，以雙手按著仍刺痛發熱的下腹部。

「你怎麼從這裡出來啊？笨蛋！笨蛋！笨蛋——！」

那架不帶一絲傷痕的機體，就這樣被貳號機一腳踢開背部。

『好痛！——明日香？』那毫無疑問是真嗣的聲音。

『這是怎麼回事？』

獲得新肉體的真嗣，以有著新軀體的最終號機之姿誕生了。

「機體情報更新了！」

「高次元之窗具備可逆性——本來不協調的部分消失了。窗口也轉為雙向的……」

最終號機代碼的遙測數據立刻將更新後的新機體情報傳回指揮所，出現的變化讓摩耶與律子面面相覷。

簡直就是不同的東西。那是一架與其說危險，不如說有著奇妙協調性的機體。

「的確呢——與其說是心臟……吸入龐大能量……再將過剩能量吐出……這是在呼吸嗎？」

「或許駕駛員與EVA最終號機的生命在翅膀被砍斷時就已經耗盡了。」

瞥了一眼資料後，青葉恩師的手指便以禁止擋入的手機，忙碌地不停計算著這名理論物理學家無窮的好奇心。

「他當時確實死了，理應消散的心臟……卻在高次元之窗以波動的形態殘留下來。而或許這個波動已經個性化，是以當它再度凝聚時……」

「啊！」

伴隨著某人的驚呼，真嗣的EVA在空中留下一道火紅軌跡飛離了。

『碇……同學……！』

0・0EVA（特洛瓦機）已將冬二等人暫時寄放至戰自艦上，並把她在那裡取得的武器拋給真嗣。一切都在加速——無論是特洛瓦的聲音，還是被拋來的裝備，看起來全都像是慢動作。

「謝了，特洛瓦！」

一個轉身接下武器後，真嗣拔出孫六滅絕刀第二階段。

『小光……已經被鈴原……救出來了……我的寶寶……知道……要怎麼做了吧？」明日香說道。

「我知道。我一直擔心它要是被明日香你們收拾掉就糟了！」

擊敗阿爾瑪洛斯者，將會成為下一個阿爾瑪洛斯的絕對法則。

『什麼意思——難道你是覺得……犧牲自己也無所謂嗎？』那又該怎麼做？

「要是無法打倒……要是無法打倒——便只能讓它無法動彈了。結果惡魔脊柱成了阿爾瑪洛斯，已經完全搞不懂了啦——」

『——這話你有資格說嗎？』

阿爾瑪洛斯重新召喚了四架天使載體，被特洛瓦機的伽馬射線雷射砲與明日香的塞路爾緞帶各撕裂一架。而真嗣在空中一起推開其餘兩架後深吸了一口氣，伴隨著吐氣，孫六滅絕刀的整把刀刃發出弧狀閃光。

「刀身上排滿等同全長的微型黑洞？」摩耶傻眼地露出微笑。

下個瞬間，彷彿拼圖碎片般遭到解體的載體與繭，便隨著持續被月球掠奪的質量流動升上天際，消失無蹤。

緊接著——咚！

真嗣的ＥＶＡ與阿爾瑪洛斯在空中劇烈碰撞。他對彎過來的龍頭懷著奇妙的既視感，究竟源於何時？對了，當他自己也化為Torwächter之際，確實有與蛇戰鬥過的印象——

「！」

眼前所見讓他畏縮了一下。他在惡魔脊柱張開的嘴巴裡，似乎看到了自己極度扭曲的臉孔。

——薰，我該不會就是蛇——人類的缺點、被亞當切離的存在吧？

『現在的你不需要知道這點。』還是第一次聽到他沒有故作神秘，反倒明確地劃清界線的話語。

『真嗣現在打算脫離這個時間迴圈，對吧？既然如此，就把那個資格讓給新世界的你吧。』

——你——不打算留住我呢……

『我說過嘍，真嗣。無論是怎樣的你，我都是站在你這邊的。』

——薰？

『永別了。』他總覺得感傷告別的薰似乎正微笑著。

刀刃一閃，真嗣將阿爾瑪洛斯的龐大身軀從左手臂一路劈開至軀幹。

阿爾瑪洛斯全身的ＱＲ紋章接連變紅粉碎。

由目前能在天上看到的世界樹一部分變化而成的黑色巨人，彷彿蜘蛛般朝著地面垂落。

它撞碎了擱淺在箱根火山臼上突出的黃泉比良坂新島邊緣，並連同碎片一起掉到蘆之湖東岸。最終號機緊追上來，憑藉龐大的推力將比自己更為巨大的黑色巨人壓在大地上。

無法給予它最後一擊。該如何制止它？該如何拘束它？拘束器？酚醛樹脂？——絕對沒辦法。只要我們的文明尚在，就必須一直拘束著這個黑色巨人。辦得到嗎？

真嗣在綿延的時間流動中聽見摩耶等人的聲音。

『以絕對零度的拘束——將它沉進蘆之湖……停住它的「活動」——』

薰說了什麼？有能脫離迴圈的方法——頃刻間，巨大野獸將猶豫不決的真嗣當成踏腳台撲來了。

「真理？」

瀕死的牠究竟哪來這麼大的力氣？從最終號機的頭頂上，沒有前腳的Wolfpack硬是將頭擠進「惡魔脊柱」所產生的強大領域之中。

無法承受領域負荷的Wolfpack頭部裝甲當場粉碎。

『真理，快住手！』

『明日香、真嗣——快看……這是我實現夢想的最後機會。』

趕在真嗣砍掉「惡魔脊柱」的頭之前，Wolfpack咬住對方的口部，朝其體內連續發射荷電粒子砲。阿爾瑪洛斯的鎧甲由內部發出蒼白光芒，並在下個瞬間爆炸了。而Wolfpack則如蛇般地一口吞下痛苦掙扎的「惡魔脊柱」。

「怎麼會——」

『雖然我們對自身族群以外的事物沒有興趣——但這對我們至今以來所接觸到的所有人來說……都算是做了件好事？我們是這麼覺得的——至於對我來說……嗝——怎麼辦？好滿足啊。』

勝負已分。

眨眼間，世代便轉移到強者上而交替了。Wolfpack的阿爾瑪洛斯化比Heurtebise那時還要快上許多，因為真理是有自覺地想變成阿爾瑪洛斯嗎？

然而奇妙的事態就在這時發生了——阿爾瑪洛斯拒絕新的附身對象。

遭到即使是ＥＶＡ卻非出身人類的Wolfpack吞噬，阿爾瑪洛斯呈現拒絕反應，在牠的體表上痛苦掙扎。它無法與野獸融合，「消滅阿爾瑪洛斯者將成為下一個阿爾瑪洛斯」卻是其絕對法則，看來似乎就連它自己也無法違背。

儘管阿爾瑪洛斯的核心系統逃進「惡魔脊柱」的形體裡，但每當它出現在漸漸覆蓋黑色鎧甲的Wolfpack表面上時，真理所率領的領域獸群便會跟著出現，一口咬住企圖逃走的蛇，再度沉入體內。

或許是因為這樣吧？Wolfpack儘管身為阿爾瑪洛斯，卻仍依循真理的意識行動。

『方舟逐漸由新島往蘆之湖方向移動了！』

『鹽柱化預測區域向西方移動！請注意。』

地上的物體紛紛被吸往天空的巨大暴風之中。霎時間，黃泉比良坂新島上的各國軍隊陸續在未經加密的共用調頻頻道上傳來警告。

補完計畫的裝置（方舟）移動了。

真理召喚了它。她稱為可憐族群的飄浮立方體聚合物「方舟」無聲無息地前進，從擱淺的大地上沿著斜坡下來後，跟隨在開始移動的新阿爾瑪洛斯（Wolfpack）身旁。

次世代的黑色巨人——補完計畫新雇用的管理員就此決定。

垂下的樹根繃緊，把連在上頭的它們吊向天空。

「妳要去哪裡？」

『能安眠的寧靜之地……最遠的地方最好。』

表示要前往最遠之地而搭上這個世界樹之根——大型轉移通道——的它將抵達何處？真嗣與眾人心知肚明。

「真理，妳知道那裡是——」

『拜拜。請別來叫醒我。』

留下這句話後，黑色野獸與立方體便被剩下的世界樹之根吸上去而消失無蹤。

儘管真嗣想追上去，卻不知是開始崩塌，抑或真嗣的槍效果已經結束？只見大型轉移結構宛如薄霧地漸漸消失在天際。

『！朗基努斯之槍開始移動了。』明日香喊道。

黃金獵犬安士長久以來下落不明的姊妹犬從緊急迫降的機體上衝了出去，在幾乎要將小不點零No.希絲颳走的暴風中，她終於追上了那條熟悉的大型犬。

「茉茉！」「汪！」

Wolfpack與方舟抵達轉移通道的最遠端「蘋果核」。

那是位於與地球隔著太陽的相對位置上，補完計畫最初的實驗場地。

Wolfpack咬住並拔起了真嗣刺在上頭的槍——「盧克萊修之槍」。

它是聳立在真嗣的意識界線——世界邊緣的長槍。

「蘋果核」今後將會成為他們意識之外的境地——因為他們自己捨棄了與這裡的聯繫。

她將咬住的長槍投向天空。那是他的槍，總有一天會回到地球……不，是今後將遭到遺忘的那顆星球上吧。在永夜的大地上，Wolfpack以方舟為中心捲起龐大身軀躺下。

方舟同時存在於月球與地球兩邊。由於其中一個方舟被真理移動到「蘋果核」——舊補完計畫的實驗場地伊甸園，導致真嗣他們的星球不再是地球，也不再是月球。他們喪失了資格。

朗基努斯之槍正遠離那片天空、那顆星球的軌道。本來即將墜落的巨大月球則像是被它帶走般漸漸遠去，彷彿巨大暴風的質量掠奪也迅速平息了下來。

宛如被逐漸移動的長槍給帶走，曾是長年伴侶的那顆星球展開了遙遠的旅途。

長槍與月球將前往新的舞伴——「蘋果核」身旁。

而對於要成為新地球的月球，以及「蘋果核」伊甸園這兩個星球來說，地球與月球至補完計畫實現方休的舞台交換劇，便是一支即將展開的圓舞吧。

不過就存活下來的人們而言，這顆體積縮得相當小，且喪失了「地球」之名與資格而遭致捨棄的星球，就這樣孤獨地遺留下來。

「哎，不是很好嗎？」美里說道。

總之，真嗣等人——這世上的真嗣等人，已經脫離了補完計畫的迴圈。

儘管無法理解到底有什麼發生過，又有什麼劃下了句點，但世界想必將會如履薄冰地展開修復吧。

往後的他們觀測到月球消失在太陽彼端時，從一旁的金星上奪走了所需要的一切質量。

「如此一來，真理的『蘋果核』也能獲得寧靜，不會被毀掉了吧。」明日香說道。

至於真嗣等人在不久的將來，或許也得從某處拿一顆新的月球回來，以便穩定自己星球的行星運動。

「要先從哪裡著手？」零No.特洛瓦問道。

「我要去探望爸爸……」——然後……

要做的事情似乎很多呢。

END

在連載時搞砸的精選集
等等！
右手連同雷射砲一起被砍掉了吧!?
阿爾瑪洛斯的背板是與隨從Torwächter連結的證明，因此尚未出現隨從時的小光阿爾瑪洛斯還沒有背板……
……有耶
哦？
文字上搞砸之處則多到無法計算。

無法決定最終號機的頭部
無法決定
無法決定
←這是怎麼接上去的？
無名的嬰兒
居然在最後的最後冒出新EVA
止不住的
最終號機
詐欺疑慮
那架機體就只有小說插圖。
別說設計圖，就連草圖都沒有。
在連載結束後，我只畫了一種形式
存在草稿資料夾裡。►
在戰鬥結束，機體也穩定下來後，拆掉
了拘束器並增強觀測用的感覺器官。
戰後復興的聯合國竊月計畫規格

今後是他們的新生代

POSTSCRIPT

本書涵蓋了從電擊 HOBBY MAGAZINE 二〇一二年八月號至二〇一三年四月號的連載內容。

對於繪畫，有時我會採取「拉遠觀看」的確認方法，亦即遠離作品，審視整體的平衡性。然而在撰寫文章之際，一旦「拉遠」便看不到內容，讓我深覺這是個難以控制平衡的媒體。儘管我花了五年多的時間連載，卻絲毫沒有文筆進步的感受。

但我想在 ANIMA 描寫的內容，大致上全都寫出來了。

真的非常感謝讓我擁有這段奢侈時間的許多人士——連載時的安蒜總編輯，負責連載初期小說的陰山編輯，繪製連載時的精美封面插圖的池內老師，客串機械設定的きお老師、努力過頭導致身體出現問題，不得不返鄉休養的責編柏原先生，還有在這次書籍化時特邀插畫的間垣老師、小荒井總編輯、石黑編輯、龜口設計師，以及許許多多令人感謝的人士，我由衷感激各位為這部作品所盡的心力。

同時，對於在連載結束後一直等待著書籍化的讀者們，真是抱歉讓各位久等了。

總之感謝各位長久以來的陪伴。

新世紀福音戰士機體設計　**山下いくと**

國家圖書館出版品預行編目資料

新世紀福音戰士ANIMA/khara原作；山下いくと作；薛智恆譯. -- 初版. -- 臺北市：臺灣角川股份有限公司, 2023.08

譯自：エヴァンゲリオン ANIMA
ISBN 978-626-352-808-6(第5冊：平裝)

861.59　　112009561

Kadokawa
Fantastic
Novels

新世紀福音戰士 ANIMA 5（完）

（原著名：エヴァンゲリオン ANIMA 5）

2023年8月23日 初版第1刷發行
2024年8月27日 初版第3刷發行

作者：山下いくと
原作：khara
企劃、編輯：柏原康雄
譯者：薛智恆

發行人：台灣角川股份有限公司
總監：呂慧君
總編輯：蔡佩芬
主編：林秀儒
編輯：邱瓈萱
設計指導：陳晞叡
美術設計：吳佳昫
印務：李明修（主任）、張加恩（主任）、張凱棋、潘尚琪

發行所：台灣角川股份有限公司
地址：104台北市中山區松江路223號3樓
電話：（02）2515-3000
傳真：（02）2515-0033
網址：www.kadokawa.com.tw
劃撥帳戶：台灣角川股份有限公司
劃撥帳號：19487412
法律顧問：有澤法律事務所
製版：尚騰印刷事業有限公司
ISBN：978-626-352-808-6